風騷總裁強勢包養

怪盜紅

圖・TaaRO

目錄

第一章

這是一個跟宮家人有關的故事。

宮家身為一個顯赫的世家，歷代當家要不從政、要不從商，政商政商，權與利一把抓。宮加一代接著一代，不斷壯大。

至今已經是第六代。

如今，陳謹維被自己的直屬上司外派到宮家企業，做宮家大少宮帆的私人助理一個月，原因是他老闆林茂軒和宮帆的助理徐映齊準備前往馬爾地夫度蜜月。

蜜月之所以稱作蜜月，是因為要度過整整一個月。

也就是說，陳謹維得當宮帆的私人助理一個月，或者說是三十天。

林茂軒、徐映齊與宮帆三人，從學生時代就是死黨兼換帖。他老闆林茂軒把自己調派來支援，陳謹維毫不感到意外，反正他在宮家一天，算的是兩份的薪水，兩邊都抽，左右逢源。

宮家企業主力業務在國外，而宮家大少作為準繼承人，目前只接手台灣區的業務，可見家長抱持著給孩子練練手的心態，放牛吃草，任他管理，隨便玩。

宮帆原本的助理徐映齊做事井井有條，出發前花了兩天時間完成交接，大部分的工作已經處理完畢，陳謹維只需要處理基本事務和不可避免的跑腿接送與應酬。

照理來說，當宮帆的私人助理比陳謹維本職工作輕鬆許多。

壞就壞在，陳謹維與宮帆照面的第一天，宮帆就對陳謹維一見鍾情。

陳謹維是個有故事的人，他在留學期間為了賺學費跟生活費，曾經被人包養過一段時間，直到遇到現在的老闆林茂軒，解決了他的經濟問題，他才跟金主道別，結束擔任「私人偶像」的生涯。

他一共換過三次金主，兩女一男。最後一任金主是位男性，道別的時候，抱著他痛哭，說沒遇過比他更好的人（技術方面），不想結束。

對此陳謹維毫無感覺，他一度懷疑自己的感情神經壞死了。

畢竟就算是完全沒感覺的兩個人，在一起久了，總還是會有點感情存留，但他沒有。

當時的他，下定決心後，便揮一揮衣袖，不帶走一片雲彩。

雖然是不堪的過往，但那段經歷讓他能輕易讀懂別人對自己的好感。

因此，第一次見面，雙方剛自我介紹完，陳謹維表明來意後，在友好地握手、對上眼的瞬間，陳謹維就接收到宮帆的訊號：

『這個人是我的菜。』

陳謹維清楚知道，這個人喜歡我。

不可思議。

對方可是宮帆，論出身論長相，要怎樣的人沒有，居然會喜歡自己這種類型。他忍不住多打量宮帆幾眼，為對方的眼光感到悲劇。

宮帆蓄著一頭長髮，簡單束成一尾置於後背，髮色偏淺，睫毛亦是淺棕顏色，肌膚白皙，深邃雙眼，眼瞳如琥珀般明亮有神，筆直看著你時有股魅力，令人移不開眼睛。他穿著俐落合身的訂製深色西裝，與他白皙的肌膚成對比，襯得更是亮眼許多。他身高約莫一百八十五公分，長相精緻到華麗，比許多上妝的女藝人還要漂亮。

是的，宮帆長得很漂亮，融合東方精緻五官，與西方的線條和色彩。

不過男人長得太過漂亮似乎不是件好事。

陳謹維總結，對方不僅是高富帥兼白富美，穿著打扮甚有品味，自身條件好，後臺也夠硬。

反觀自己，既不帥氣也不漂亮，身高也不夠高，才一眼也展現不了什麼人格魅力。

宮帆對他一見鍾情，他只覺得不可思議。

陳謹維不清楚自己哪一方面打中對方，他們才剛接觸，等以後相處時間多了，對方就會發現自己有多陰沉無趣又現實，進而失去興趣。

要是早個幾年遇到宮帆，他或許會有興趣引導對方成為自己的金主之一。

可惜他金盆洗手，不再這麼做了。

這些想法僅僅一瞬間，陳謹維收回思緒，一本正經地向對方自我介紹：「宮先生，您好，我是陳謹維，是林茂軒的學弟。學長稱呼我小陳，您也可以這麼叫。從今天開始，我會代替徐先生，作為您的助理，一起工作一個月。還請多多指教。」

「你好。」宮帆握著他的手，死活不肯放開，臉上帶著勾人的燦爛笑容，直盯陳謹維。

他上上下下打量，非常滿意自己所看到的。身高約一百六十八、體態偏瘦、長相可愛中帶著難以言喻的性感，全部合乎自己的審美，完美，太完美了。

他彷彿聽見教堂的鐘聲響起，上帝的聲音告訴他，就是這個人，他就是他的命中註定。

陳謹維試著抽回自己的手，宮帆卻握得死緊。

「宮先生？」他出聲提醒。

宮帆依舊捨不得鬆開手，大拇指在陳謹維的拇指上摩挲，感受他皮膚滑順的觸感，像是一個性騷擾的老頭。

陳謹維瞪著自己被騷擾的手，不敢置信，現在是什麼情況。

「抱歉、抱歉，你可以用徐的桌位。」宮帆回過神來，意識到自己有多失態，他趕緊放開手，迴避陳謹維的視線，裝作若無其事地走到徐映齊的座位。

徐映齊的座位在他辦公室的外頭，見狀他火速反悔，對陳謹維說道：「不、不！我想了一下，覺得擅自使用別人的桌位並不是一件很好的事。我看……我看你……」

喔不，他現在肯定準備說出很荒唐的提議。陳謹維有不祥的預感。

宮帆厚著臉皮，指著自己的辦公桌說：「……你可以坐在我座位旁邊，反正我桌子夠大。我再加張椅子，你就在我旁邊辦公吧。事情不會很多，你什麼也不用做，只要待在這裡就可以了。」

言下之意，是要他當花瓶的意思嗎？陳謹維花了一個眨眼的工夫，稍微想像一下他們同桌辦公會是怎樣的情況，再三考慮好處與壞處，他可以肯定好處絕對比壞處多。

他睜開眼，衝著宮帆露出營業用的微笑，一口答應他：「我都可以，全聽您安排。」

宮帆被陳謹維的微笑煞到，他眨了眨眼，直盯著陳謹維看，恨不得能捧著他的臉，把他的笑容看仔細了。

宮帆的目光太過炙烈又直接，偏偏他又長得特別好看，這種情況下，一般人早被電昏，雙腿發軟，隨便他為所欲為。

然而，陳謹維不是一般人，雖然不可否認宮帆好看得沒話說，但公歸公、私歸私，他分得很清楚。

「好、好，太好了。我馬上派人搬椅子過來。」宮帆回過神來，立刻通知底下的人送一張舒適的椅子上來。

陳謹維一度以為自己仗著宮帆喜歡自己，做事能方便許多。

但當天下午，下班前，宮帆滿臉羞澀地遞給他一張清單，陳謹維就知道自己錯了。大錯特錯。

宮帆給他的清單上寫著幾項堪稱不合理的助理工作事項：

一、每日上下班到府接送。

二、必須和老闆一起吃早餐和午餐。

三、因事缺席必須提前通知。

四、晚上睡前必須和老闆通電話，總結一天工作心得。

五、待補。

第二條其實還寫了晚餐，只是寫上後又劃掉。最後甚至補上一句待補，簡直是私心滿滿的一張工作清單。

第一點溫馨接送情，但他沒車，只能每天坐老闆的車接送老闆？第二點擺明了他想跟自己吃飯。第三點是唯一的合理要求。第四點睡前還要總結工作心得？多明顯的醉翁之意不在酒，誰下班回家睡前還跟老闆打電話？

陳謹維心想：現在說不幹了還來得及嗎？

答案是來不及。

也沒有其他人可以替補。

他只能拿著工作清單，硬著頭皮，跟任性無理的上司商談。

「宮先生，不好意思打擾一下，您現在有時間嗎？我想和您談談工作內容。」陳謹維客氣地向隔壁的宮帆開口。

宮帆回覆完一封郵件後，轉頭面對陳謹維，臉上還維持著工作中的認真模樣，回應他：

「請說。」

很好，到目前為止都很社會人。陳謹維先安心三分，但不敢放鬆警惕。他接著道：

「宮先生——」

宮帆突然打斷他：「我想到第五點可以補寫什麼了！我希望你能喊我宮六，不要這麼生疏。林跟徐都是這樣叫我，或是你想換另外的暱稱也可以。」

語畢，宮帆煞有其事地陷入沉思，似乎在想他們之間的愛稱。

完了，甭談了。陳謹維只花一個眨眼的瞬間，腦中瘋狂運轉，原本想讓宮帆取消幾點無理的要求，現在看來，他最多能爭取一下自己該有的權益。

「你覺得宮哥，還是帆哥，哪個喊得比較順口？」宮帆提議，很想要陳謹維喊自己哥。

「我還是喊宮先生吧。我想跟您確認幾件事。」陳謹維客氣婉拒，他怕宮帆又打岔，趕緊講正事。

「你說。」宮帆點頭。

「因為我剛回國，沒有交通工具，每日接送這點，恐怕有點困難。」陳謹維就事論事。

「沒關係，這很好解決，我的車借你開。」宮帆拿出自己的車鑰匙，放到兩人之間。

德國B牌名車鑰匙躺在桌上，陳謹維盯著看一眼，默默收下，納為己用。他原本預計能爭取宮家企業專用的公務車，沒想到能獲得宮帆的私家車，看在是B牌名車的分上，他不糾結了。

「好的。」陳謹維接著提下一點：「關於早、午餐這點，我不習慣吃外食，一起吃飯可能有點困難。」

「我家有人做飯，會順便做你的那份。有什麼不吃的，可以事先跟對方提，請她避開。」

宮帆覺得這不過是小事一樁。

「這……我可能付不起太昂貴的伙食費。」陳謹維感到為難，事實上不吃外食也只是一個他剛剛想到的藉口而已。

宮帆霸氣回答：「不用，我出。啊，不對，算公費。」

公費啊。陳謹維點頭，又一次接受了，反正他不吃虧。

「還有其他問題嗎？」宮帆小心翼翼地問，似乎擔心著什麼。

陳謹維想對方居然有自知之明，肯定明白睡前的晚安電話很不合理。他如果是平常人，絕對會覺得噁心嫌麻煩，進而拒絕對方。但他不是平常人，對曾經被包養過的人而言，晚安電話是哄金主的獨門祕招，尤其對女性特別有效。

縱使如此，該爭取的，還是得爭取一下。

「關於晚上的通話，我每天十一點準時上床睡覺，可能要麻煩您盡量在十點之前打來。十點之後的電話，一概不接。應酬也是，晚上十點前必須結束。」陳謹維表明自己活動時間的底線。

宮帆認真聽著，甚至拿出手機記錄下來，正經八百地回應他：「我明白了，我會盡量在十點前打給你，應酬也會盡量在十點前結束。」

「以上，我暫時沒有其他問題了。」陳謹維結束談話。他還擔心自己的要求太多，會引起宮帆的不愉快，特地放送福利，向他露出一個營業式的微笑。

一支無形的箭射穿宮帆的心臟！他捧心，喘著大氣，但是眼睛直盯著陳謹維的微笑，貪婪地緊盯不放！

很好，很有效果。陳謹維很滿意宮帆的反應。

下午五點半，宮帆收拾東西準備下班。陳謹維工作太過輕鬆，早已完成任務，甚至開始邊處理起本職的工作，邊等宮帆動身。

「要走了嗎？」陳謹維跟著一邊收拾東西，一邊向他確認。

「是的。不好意思，讓你久等了。」宮帆看看錶，時間是五點半，他感到很懊惱。他工作太過專注，沒有意識到早過了下班時間。

「沒關係，我也在處理學長那邊的事務。」陳謹維讓他別放在心上，他收拾好東西，起身，請宮帆先行。

「一起走吧。」宮帆不想走在前頭。

可是車停哪裡只有你知道。陳謹維雖然很想提醒他，但他秉持不要忤逆上司的原則，順著對方的意，附和說道：「好，一起走吧。」

兩人並肩走出辦公室，多虧門夠大，不然兩個大男人擠在一起，多尷尬。陳謹維心想，或許自己又會被趁機揩油。

宮帆殊不知自己已經被貼上會性騷擾的上司標籤了。

他們搭乘專用電梯直達地下停車場，在電梯內，宮帆用熱切的目光直盯著陳謹維，也不說話。陳謹維則盯著電梯的顯示板，拒絕與宮帆對視。

宮帆怎麼看陳謹維都不膩，這個人長得太可愛了，面無表情也好，偶爾的營業式笑容也好，他都喜歡，好像對方連細胞都在吸引自己。

So match!

宮帆光是看著陳謹維，心情就莫名其妙愉快起來。

旁邊的視線好灼人，電梯怎麼還不快點抵達。陳謹維想快點回家，遠離隔壁這位男神等級的變態。

叮！

電梯總算到達地下停車場，陳謹維回頭衝宮帆一笑，並示意：「請。」

宮帆不甘不願地收回視線，率先走出電梯。

陳謹維悄悄在他後頭，鬆了一大口氣。這人實在太難纏了，他可是費盡心力，才能努力克制自己不去勾引他。

畢竟宮帆作為一個高富帥又特別喜歡自己，實在是一個很好的金主對象。

陳謹維每走一步，都在心裡提醒自己：雖然日子會變得很好過，但現在的我已經金盆洗手了。對方又是學長的好朋友，我絕對不能對宮帆出手。

「這輛是我的車。」宮帆慢下腳步，停在一輛車前，對陳謹維說道。他自動地走向副駕駛座，等待陳謹維解鎖開車門。

陳謹維站在德國B牌名車前，拿出車鑰匙按鈕解鎖。

高檔名車與高富帥兼白富美，彷彿一塊肥滋滋的五花肉在向他招手。

不，醒醒！我金盆洗手了！對方是學長的好朋友！

陳謹維花一眨眼的工夫，擺正心態，走向駕駛座，打開車門，入座。

「需要我教你怎麼開……嗎？」宮帆本來打算趁機探過來教他怎麼使用自己的車，製造兩人接觸的機會，沒想到陳謹維如此熟門熟路，順利啟動引擎。

「不用，我以前有開過類似的車款。」陳謹維微笑婉拒他的好心，以前被包養的日子少不了充當司機的時候，感謝以前的金主叔叔阿姨們，增加他不少人生體驗。

「好吧。」宮帆有些失望地退回座位。

陳謹維開了導航，問了宮帆地址，就跟著導航走。他專心開車，隔壁那位專注看著自己，車內沒播放音樂，居然也不覺得尷尬。

也好，陳謹維不是擅長聊天的類型，這樣安安靜靜的，他感覺非常好。

打破沉默的，既不是陳謹維，也不是宮帆，而是來自徐映齊的視訊請求。宮帆的手機突兀地響著，他百般不願地接通，畫面顯示出的卻是林茂軒。

宮帆疑惑：「怎麼是你？」

「我手機沒電，只好用徐的電話。你那邊怎樣？」林茂軒簡單解釋，直接問他那邊的情況。

「什麼怎樣？」宮帆不理解他這句問話的真意。

陳謹維聽見林茂軒的聲音，已經自覺地尋找路邊的停車位，打算暫停幾分鐘，好方便他們通話。主要是他自己也想跟學長談上幾句。

「我來問小陳的情況，你沒欺負他吧？」林茂軒問起陳謹維。

「我、我怎麼可能欺負他！」宮帆立刻反駁，瞪著對方，為自己辯白：「我人這麼好，怎麼可能欺負人。」

視訊那頭的林茂軒見他激動反駁的模樣，眉頭一皺，發覺案情並不單純。他問宮帆：「怎麼回事？你有點古怪。」

「哪有？我很正常，我最正常不過了！」宮帆越說越慌亂，心虛著，眼角偷瞄一旁的陳謹維，怕被看出個所以然來。

但陳謹維早就看穿他了。

「宮先生，不好意思，打擾一下，我能跟學長講幾句嗎？」一旁的陳謹維向宮帆開口，請求跟林茂軒說話。

「可以、可以。」宮帆把手機交到對方手上，像是燙手山芋一般，快速脫手。

陳謹維小心翼翼接過手機，面對畫面，將鏡頭對準自己。他先向林茂軒微微鞠躬，打聲招呼：「學長，晚安。」

「小陳，今天第一天在宮氏企業打工，感覺怎麼樣？宮六有沒有欺負你？」林茂軒語氣和緩客氣許多，態度截然不同，透著一絲絲的生疏。他與徐稱呼宮帆為宮六，因為宮帆是宮家的第六代。

別人是富二代富三代，他宮六是富六代，含著金湯匙出生，一生養尊處優，基本上不愁吃穿，就算什麼都不做，也絕對餓不死。他擔心小陳會受不了宮六的大少爺脾氣，怕宮六欺負他而不自知。

「宮先生人很好，沒有欺負我。我正開車送他回家。」陳謹維回答他，態度特別畢恭畢敬。

宮帆見他對林茂軒的態度如此恭敬，心情莫名不爽快。他的人（還不是）何必對其他人擺出低姿態。

「聽到沒有，我人好得很。」宮帆搭腔。

林茂軒聽了陳謹維的話，疑惑地問：「你為什麼要送他回家？」

「是啊。為什麼要送宮六回家？」徐映齊就在林茂軒身旁，聽見他們的話，同樣感到很疑惑。

「徐先生的業務範圍，不包括送宮先生回家嗎？宮先生告訴我，這是助理的工作之一。」

陳謹維早猜到是這樣，但還是裝作意外的模樣，抬頭看向宮帆，露出不解的表情。

「他自己有私人司機，這種事用不著助理去做。我說，宮六你還敢講自己人很好，你這不是欺負，什麼是欺負？」徐映齊憤怒地質問宮帆。

「我沒有欺負……」宮帆自知理虧，心虛地回應。

「沒事，這不算什麼。正好我缺交通工具，宮先生願意借我車用，是我的榮幸。」陳謹維幫宮帆說話，免得車子被收回去。他就沒車可以開了。

「你盡量開。擦撞也不用怕，他所有車都保全險，撞壞有保險公司理賠。油錢也算他的，你隨便開。」徐映齊毫不客氣地說。雖然宮帆是他的好朋友，但是不能眼睜睜看著他占人便宜。

「那真是太好了。」陳謹維笑說，對著宮帆道謝：「謝謝宮先生了。」

「不、不用客氣。」宮帆紅著臉，收下陳謹維的感謝。他心臟跳得特快，像坐雲霄飛車一樣。

他怕他們再問下去，陳謹維會把他充滿私心提出的工作事項統統道出，到時他公私不分的行為就曝光了。

他趕緊對視訊那頭的兩位說：「時間不早我們要趕快回去吃飯了！你們蜜月好好玩！改天聊！再見！」

宮帆出手一滑，關掉視訊。陳謹維無語地抬頭看向宮帆。

宮帆被他看得直冒冷汗，但硬著頭皮睜眼說瞎話：「他們在度蜜月，分分鐘都很重要，我們最好不要打擾他們太久。」

陳謹維瞇眼，宮帆一臉緊張。

「您說的是。」陳謹維決定放過他，將手機交還給他，重新啟動引擎，繼續往宮帆家的方向行駛。

宮帆沒住在本家，而是在離公司約十五分鐘車程的位置買了間獨棟別墅，聘請一對夫妻來打理家務，管家李叔與廚娘劉嬸同住在別墅裡頭生活。

陳謹維將車開到門口，瞧見管家走到前門，為他們打開柵欄門，方便他開車進入。管家一見開車的人不是宮帆，便機靈地指引陳謹維方向，帶領他停入車庫的車位。車庫內還停有另外兩輛車，一輛白色休旅車、一輛騷包跑車。

壕。

陳謹維相信宮帆的車肯定不只這幾輛，邪惡的資產階級，好想占為己有。他又花一個眨眼，壓下冒出頭的壞主意。

「李叔，麻煩你通知一下劉嬸，今天有客人來，要一起吃飯。」宮帆下車，對著迎接他們的管家李叔交代。

李叔恭敬點頭，連聲答應，轉身進屋立刻去辦。

他們一來一往動作太快，陳謹維連婉拒的機會都沒有，已經塵埃落定，他只能跟著宮帆的腳步走。

室內瀰漫著飯菜香，是久違的中式家常菜，陳謹維突然覺得留下來，沒有這麼難熬了。看在飯菜的分上，他就順從了吧。

宮帆介紹李叔與劉嬸的身分，順便宣告以後陳謹維會一起吃早餐與晚餐，中餐的便當也得做兩份。

陳謹維謝謝宮帆的好意，也特別謝謝劉嬸，以後三餐都有家常菜可以吃，他個人非常感激。他面對劉嬸的時候，自動開啟了特殊的嘴甜技能，將劉嬸哄得天花亂墜，惹得劉嬸心花怒放，多炒了兩個菜給他們加菜。

方桌上擺滿六菜一湯，就宮帆跟陳謹維兩個人吃。

宮帆是能吃的體質，胃口非常好。陳謹維腸胃不好，食量一般，他習慣少量多餐，但他在開車途中含了一顆梅子糖，開胃，加上一桌他很久沒吃到的家常菜，一頓下來也吃了不少。

宮帆進食優雅，但速度很快，沒花多久時間就放下筷子，盤子裡的菜也吃得七七八八。陳謹維決定打包部分剩菜回去，當消夜。

劉嬸一聽就覺得心疼，消夜吃剩菜，多可憐的孩子，難怪瘦成這樣。

宮帆送陳謹維出門前，劉嬸另外切了一份水果，讓他一塊打包。

「劉嬸居然對你這麼好，都怪你太會說話了。」宮帆一路將人送到車庫，站在駕駛座旁，頗不是滋味地對陳謹維說道，最後用極小的聲音嘟囔：「要是能對我說幾句好聽話就好了。」

滿足你。

「宮先生，今天真的很謝謝您。託您的福，我吃到久違的家常菜，還能拿不少消夜走。

我能遇見您真是太好了。」陳謹維打著官腔，開頭先客氣幾句，最後一句才是他要投放的糖果。

這顆糖，宮帆吃了，甜到整張臉泛起紅嫣，在他那白皙的臉上美得令人不敢直視，他的反應純情得像是一張白紙。

陳謹維低下頭，解開車鎖，他有點害怕面對美豔動人的宮帆。

他怕自己會動不好的心思，或是喜歡上對方。

「時間不早了，我得走了。宮先生，明天見。」陳謹維低著頭向他道別，打開車門，準備進車子，但他停頓一秒等著宮帆的回應。

宮帆盯著他的背影許久，呆滯幾秒鐘，捨不得和他道別。

陳謹維猶豫要不乾脆不理他，直接開車走人算了，但這樣顯得很沒禮貌。

「你走吧。小心開車。明天見。」宮帆總算回應他，好好向他道別。

陳謹維扯開了嘴，淺淺微笑，輕輕點頭，安心坐入車內。

宮帆站在原地向他揮別。

陳謹維揮了揮手回應他，接著將車駛離車庫，遠離宮帆的領域。

途中他邊開車邊摸摸自己的心，總覺得自己有點古怪，心裡空落落的，不知道是怎麼了。

當晚，陳謹維又一次與林茂軒通話，回報今日的工作進度與他在宮氏第一天的情況，他避重就輕挑重點說，沒特別提起宮帆給的工作清單。

「你覺得宮六怎樣？要是相處不來，我換個人去給他也行。你不用委屈自己。」林茂軒很珍惜小陳這位人才，他工作能力一流，難能可貴的是對待工作的態度認真無比，能安心將事情交代給對方，毫無後顧之憂。因此，他寧願得罪好友宮六，也不想委屈小陳。

「宮先生不難相處，滿好對付的。」陳謹維回答，這麼說的用意是希望學長不用擔心他跟宮帆相處的問題。

他的視線停在茶几上，茶几上擺著劉嬸幫他打包回來的食物與宮帆的車鑰匙，那兩人毫無防人之心。

陳謹維將自己的想法說給林茂軒聽：「我們才第一次見面，他就整輛車直接給我了。像是涉世未深的有錢少爺。」

「哈哈！確實，一般人覺得那是輛能拿出去炫耀的名車，在他眼裡也只是一般的交通工具而已。」林茂軒提醒陳謹維：「不過你要是這樣看待他，以後會有苦頭吃。」

「什麼意思？」陳謹維沒明白他的意思。

「你慢慢體會吧。」林茂軒輕笑。

「你這樣說我有點擔心……」

林茂軒又說一次：「你隨時可以不做，我說真的。不用看在我的面子上，勉強自己配合宮六。你主要還是我的員工，不是他的。」

「可是學長，你是宮先生的員工，我是你的員工。這麼算下來，宮先生是我老闆的老闆。」陳謹維反駁，他笑說：「你放心，我不會委屈自己。」

「那就好。」

與宮帆的話題到此結束，兩人又講起正事，談了十幾分鐘左右，才結束通話。

陳謹維處理好文件後，肚子也餓了，剛打開劉嬸給的水果，又一通電話打來。他看看螢幕顯示，明晃晃的宮先生三個字，再看時間，晚間九點二十分。

不是可以無視不接的時間點，他先嘆一口長氣，調整好心態後，接起電話。

「你好，我是宮帆。」

「宮先生，你好。」

「忙嗎？」

「還好，正打算吃劉嬸給的水果。」

「你吃吧。」

陳謹維以為對方會就這樣放過自己，已準備謝謝對方並且掛電話，卻很快聽見宮帆接著說：「我負責說話，你聽就好。」

「呃……好。」陳謹維同意，夾著電話，打開食盒，拿出一塊芭樂，塞進嘴巴裡頭。

他咀嚼著芭樂，發出的聲音清晰地傳到宮帆耳裡。

「你在吃什麼？」

「芭樂。」

「好吃嗎？」

「很不錯。」

「家裡還有其他好吃的水果，明天再過來吃吧。」

「嗯。」陳謹維吃完了，又拿新的一塊吃。

宮帆其實很想聊聊陳謹維的事，可惜他在吃東西，但光是聽著他吃東西的聲音，腦補他今天在餐桌上用餐的模樣，他就可以想像得出陳謹維像老鼠般將食物統統塞進嘴巴，再慢慢咀嚼的滿足。

宮帆只能跟他聊工作上的事，明天的行程如何安排，晚上可能會有應酬，應酬對象是哪間企業，大概會推派誰出來做代表，手段如何，怎麼談判。

其中或許有陳謹維該注意的要點，但實際上大部分內容都有灌水的嫌疑。

陳謹維偶爾附和幾句，竟然將食盒裡頭的水果跟打包回來的飯菜全吃完了。

他覺得自己很奇怪，他居然聽宮帆講了近二十分鐘的廢話，而且是在沒有加班費的情況下。

「你渴不渴？去喝點水吧。」陳謹維提醒他，為他感到口渴。他自己要去倒水，就順口說了一聲。

宮帆卻因為他順口的一句話而大受感動，又是一大串的話：「你真貼心。劉嬸泡了養生茶，我去倒點來喝。這養生茶不錯，明天帶一壺到公司去，我們一起喝。」

「好。」陳謹維簡單回應，大口大口喝水。

宮帆喝了養生茶，接著說下去，向他介紹起養生茶的功效。

陳謹維才不在乎他喝的茶有什麼養顏美容的作用，關他什麼事！沒話說也能生出話來，陳謹維佩服他，看看時間九點四十五分了，他開口打斷宮帆的話：

「宮先生，時間不早了，我想休息了。」

「啊……也對，已經十點了。」宮帆遺憾地說。

「晚安。」陳謹維向他道晚安。

宮帆停滯幾秒鐘，才慢吞吞地回應他：「晚安。」

兩人才結束通話。

陳謹維不知情，宮帆在結束通話後紅透整張臉，像個情竇初開的小夥子，窩在沙發上激動地打滾。

好喜歡他。

第二章

林茂軒與徐映齊結束蜜月假期，由宮帆與陳謹維一同前去接機。

四人在機場碰面，林茂軒與徐映齊一眼就找到宮帆。

宮帆特別惹眼，一頭長髮未束，任意披散，卻不顯得凌亂邋遢。他臉上戴著墨鏡，身高又夠高，穿著乾淨的名牌休閒服，像是來拍平面照的模特兒，站在一處等待著兩人，彷彿與周遭人隔絕成兩個世界。

一旁的陳謹維立於宮帆的身側，盯著出口，瀏覽每一位經過的旅客。

終於等到兩人。

徐映齊見到宮帆與陳謹維，立刻上前，向陳謹維道歉：「不好意思，這段時間麻煩你了。宮六有沒有難為你？」

「沒有，相反的，宮先生很照顧我。」陳謹維幫宮帆說話，順口問他：「需不需要我幫你們拿行李？」

「不用，我自己拿就可以了。宮六這麼會使喚人，真的沒有為難你？你不用說謊，我罩你。」徐映齊明顯不信。

「真的。」陳謹維只好再一次重複：「宮先生對我很好。」

「我疼他都來不及了，怎麼可能為難他。」宮帆哼說，手搭在陳謹維肩膀上，對他說：「不用幫他們拿行李，我們肯來接機，他們不需跪地恭迎，已經很給他們面子了。」

「謝主隆恩。」林茂軒哼說。

「不知道為什麼聽你這麼說，總覺得有股惡寒。走了，跟我來。」宮帆打了個冷顫，攬著陳謹維轉身就走，帶他們到停車的位置去。

他們抵達停車場後，宮帆解開車鎖，打開後車廂，讓林茂軒與徐映齊放置行李。

接著宮帆走向副駕駛座，打開車門，正當林茂軒與徐映齊以為他要入座，卻見宮帆退了一步，請陳謹維入座。

陳謹維走向副駕駛座，坐進車內。宮帆為他關上車門，自己再繞回駕駛座，上車。

雙方走位自然而然，似乎一直以來都是這樣的分配。

林茂軒與徐映齊互看對方一眼，無聲地交流。

『上次視訊，是小陳開車吧？』

『是。』

怎麼現在是宮六開車？兩人共同的疑惑。

林茂軒與徐映齊上車後，聽見宮帆對陳謹維提醒：「給劉嬸打通電話吧。」

「好。」陳謹維回答，拿出自己的手機，撥號到宮帆家去，與電話那頭的李叔對話：「李叔，是我小陳。我們現在要回去了。對，林先生與徐先生，能麻煩您告知劉嬸，我們要回去吃飯。大約三十分鐘左右就到。好，我問一下。」

陳謹維轉達：「李叔問你們有沒有特別想吃的菜？」

「我想吃劉嬸的紅燒獅子頭。」徐映齊點菜，懷念宮六家劉嬸的手藝，他已經有很長一段時間沒到宮六家吃飯了。

「我沒意見。」

陳謹維轉達了徐映齊的點餐，隨後結束通話。

「怎麼這麼難得，讓我們到你家吃飯？」徐映齊好奇地問。

「照理來說，是應該直接送你們回去。但小維三餐很準時，他現在肯定餓了，所以先到我家吃飯，在我家住一晚，明天我再送你們回家，或是叫車送你們回去。」宮帆解釋他的打算。

小維？林與徐對看一眼，這稱呼會不會太親暱。

「學長，馬爾地夫好玩嗎？」陳謹維隨口問問，製造點話題，直覺告訴他，後座的兩位很快就會察覺宮帆喜歡他的這件事。

然而，隔壁這位高富帥兼白富美絲毫沒有遮掩的意思。

「你想去嗎？我可以帶你去。」宮帆興致勃勃地說，一句話透露出他的真心。

後座兩位沉默了，陳謹維也短暫的無語。

宮帆還自顧自地說：「但我得查看我的行事曆，不知道什麼時候抽得出時間來。最好能像林與徐那樣，玩一個月再回來。」

喂喂喂，他們是度蜜月，況且年假沒有一個月這麼久的。陳謹維心裡反駁他，但也考慮到了實行的可能性。

「再說吧。我考慮考慮。」陳謹維先敷衍他，免得對方一頭熱起來，馬上訂機票，明天就要飛出去。這一個月相處下來，陳謹維差不多摸熟他的性格，經常被他說做就做的行事風格給嚇到。

宮帆說出口的話，再荒唐都有可能成真。

因為他家有錢，他自己很會賺，重點是非常捨得花。

「好吧。」宮帆因陳謹維的話而偃旗息鼓。

出乎兩人的意料，宮六與小陳在相處上立場完全顛倒過來。

宮六顯得很被動，以小陳為中心。

小陳才是那個有話語權的那位。

抵達宮帆家，李叔上前為他們開柵欄門，迎接他們。宮帆停好車，繞到副駕駛座為陳謹維開車門，獻殷勤的舉動，其心昭昭可見。

林茂軒與徐映齊對看一眼，在對方的眼中看到意外與瞭然。

宮帆喜歡陳謹維。

露餡了。

陳謹維下車，心裡有數，那兩位肯定看出來了。他稍微緊張了一下，但很快放寬心，畢竟他沒有做出任何逾矩的行為。

他停頓片刻，仔細思考，應該是沒有吧。

陳謹維萬萬沒想到，他最該防備的是待在宮帆家的這對夫妻。

李叔過來跟他們招呼：「你們回來得正是時候，飯菜剛做好，正要上桌。小維餓壞了吧。來，先吃個餅乾，止止餓。」

語畢，李叔從口袋掏出一片夾心薄餅，遞給陳謹維。

陳謹維習慣性地接收，並且打開包裝，吃了起來。他確實已經餓得頭昏眼花，思考有些遲鈍。

劉嬸在廚房與餐桌間忙進忙出，負責將菜擺上桌。她見他們回來，趕緊吆喝——

「回來得正好，趕緊入座吃飯。小維餓壞了吧？先喝碗湯，墊墊胃。」劉嬸語氣中充滿心疼。

宮帆家上上下下，全程開啟寵溺模式，毫不掩飾對陳謹維的特別待遇。

林茂軒與徐映齊在驚訝中入座，錯愕地看著陳謹維受到宮帆家上上下下的服侍。

這一個月到底發生了什麼？

備受矚目的陳謹維吃了李叔給的餅乾、喝了劉嬸盛的一碗熱湯，坐在餐桌上，什麼都不用做，宮帆已經幫他夾好飯菜，放在小碟子上，等著他去吃。

陳謹維花了一個眨眼的時間，決定不管不顧，順其自然了。

飯後，宮帆與徐映齊上樓談公事，儘管宮帆極度不願意與陳謹維分開，但他被徐映齊推著後背，不情不願地上樓，還頻頻回頭看向待在客廳的林茂軒與陳謹維。

陳謹維一手抱著一碗手工芋頭片，一手拿著水果串，一口芋頭片一口水果地吃著，桌上還有一壺劉嬸泡的飯後養生茶。

「你老實跟我說，你對他們下蠱了是不是？」林茂軒趁機問陳謹維，半開玩笑的語氣，他說：「雖然我知道你對年紀大的叔叔阿姨很有一套，但我沒想到你連宮六都能收服。」

林茂軒的語氣中全是佩服。

「先聲明，我什麼都沒做。」陳謹維無辜。

「你要是想做什麼，我也不會阻止你。」林茂軒調笑：「宮六可不好對付。我說過太小看他的話，你會有苦頭吃。」

「他喜歡我。」陳謹維平淡地陳述事實。

「我看出來了。」林茂軒點頭，有眼睛的都看得出來宮六喜歡他。他上下打量陳謹維一番，露出有點疑惑的表情。「奇怪啊。你跟他以前交往的類型完全不一樣。」

「喔？都是怎樣的類型？」陳謹維順口問，垂下眼，心裡有著自己說不明白的在意。

「簡單來說，妖豔賤貨男女都有。」林茂軒一句話俐落總結。

「這樣啊。」陳謹維吃了一口芋頭脆片，咬得嘎滋作響。

「你這樣……可愛型的，還是第一次。有點出人意料。」林茂軒端起桌上的養生茶，慢慢品嘗。他小心翼翼地打量陳謹維的反應。

陳謹維不太愉快，儘管他不清楚自己為什麼不高興。

「你對宮六有什麼想法？」林茂軒直白問起。就他觀察，小陳的反應，並不是不在意宮六。

「我不知道。再說，宮先生是學長的朋友，我不應該有其他想法。」陳謹維回答他。一直以來，他都用這理由給自己設限，不對宮帆出手，也不給他更進一步的機會。

「你要是喜歡他，我不會阻止你們。我沒有意見，你不用顧慮我。我想聽聽你真實的想法。」

陳謹維放下手中的食物，一本正經地回答：「他就像一塊剛烤好的五花肉，擺在我面前，我當然會想吃，這是人之常情。」

林茂軒點頭，似乎很認同他這樣的形容，確實宮六論外貌家底都非常誘人，色香味俱全。他笑說：「想吃就吃吧，不用客氣。」

「那我就不客氣了。」陳謹維得到林茂軒的允許，低聲答道，重新拿起芋頭脆片跟水果，吃了起來。

林茂軒聽了他的低語，縱聲大笑，伸出大手摸亂陳謹維的頭髮，還推了他的頭一把。他笑說：「你這小子手下留情，我看有苦頭吃的，搞不好是宮六那傢伙。」

「幹什麼、幹什麼！林！你別碰他！」宮帆站在樓聽間，看見這畫面，立刻大喊，火速從二樓下至一樓，快步往客廳的兩人走去，彷彿趕著捉姦一般。

陳謹維咀嚼食物，圓眼看向宮帆，頂著亂糟糟的頭髮，一臉無辜的模樣。

宮帆隔著沙發椅背，用力抱住陳謹維的腦袋，惡狠狠瞪著林茂軒，怒道：「你說話就說話，幹什麼動手動腳！」

「八字還沒一撇就開始護食，會不會太快了點？」林茂軒調侃笑著，沒把宮帆的怒意放在眼底。

陳謹維將嘴裡的食物吞嚥下去，緊接著要吃下一口，無視宮帆的怒意與林茂軒惡質的挑釁，模樣事不關己。

宮帆抱著陳謹維的頭，語氣溫柔許多，對他說：「小維，我們別理他，我們離他遠一點。」

他抱起纖瘦的陳謹維，挪動一個位置，遠離林茂軒。

陳謹維整個人騰空，被輕輕鬆鬆移動。他就不明白了，宮帆看起來既不胖也不壯碩，怎麼力氣大得驚人。

「你才是最該離他遠一點的人。」徐映齊緊跟在側，螳螂捕蟬黃雀在後似的，扯著宮帆的衣領，將人拉離陳謹維。

「你們談完了？這麼快？」林茂軒以為他們至少得花上兩個小時來銜接工作。

「多虧小陳的工作筆記做得很詳細。小陳，謝啦！」徐映齊亮了亮陳謹維做的工作筆記，讚嘆：「真不愧是林看上的人才，連我都很想挖角過來。」

「你要是肯來宮氏，我算你兩倍的薪資。」宮帆利誘。

陳謹維拒絕：「雖然聽起來很誘人，但我更喜歡在學長手下工作。」

「為什麼！」宮帆不能理解：「林工作起來無聊得要命，也不開玩笑，一點樂趣都沒有。而且他是穩健派，一年下來賺不了多少錢，成長幅度少得可憐。」

「跟宮家比確實賺不了多少錢，但至少我倒不了。」林茂軒為自己辯解，穩健派有穩健派的好處。

「恕我提醒，你去年兩個專案賠了五千萬。」徐映齊忍不住吐槽他，做出一個五的手勢。

「但我去年光自己接手的部分就多賺了一個億。」宮帆為自己辯駁。

徐映齊白眼以對。「不是每個人都跟你一樣，玩得起高風險高報酬的投資。你去年賠的五千萬，可以讓那批老傢伙念到進棺材了。」

「他們怎麼不惦記我多賺的一個億呢？」宮帆想到就有氣。

「你再多賺兩個億，他們也只會記得虧的五千萬。」林茂軒落井下石。

「一群吸血鬼！」宮帆咬牙切齒。

「在你手下工作會膽顫心驚的過日子，擔心你哪天又失控買下高風險的專案。對心臟不好啊。」徐映齊搖頭，對陳謹維說：「對吧？」

陳謹維笑而不語。

「不幸中的大幸，從明天開始就不用再見到這個煩人的傢伙，回來我這邊工作。」林茂軒刻意說道，雖然是對陳謹維說話，實際上是在挖苦宮六。

「嘿，有你這麼說話的嗎？」宮帆約他改天拳擊場見。

陳謹維這時候才突然意識到，明天過後，他就不用再見宮帆了。

他竟然沒有半點喜悅或是解脫的輕鬆感。

「我看時間差不多，我們也該回去了。你車借我開回去，明天還你。」林茂軒起身，準備走人，順口向宮帆借車。

陳謹維跟著站起身：「我也該走了。學長能順便載我一程嗎？」

「走。」林茂軒一口答應。

「走去哪？」宮帆拉住陳謹維的手，睜著眼，明知故問。

「回家。」

宮帆一臉糾結——那張漂亮的臉蛋就算皺在一起，也還是美的。

陳謹維低下眼，避免直視宮帆的臉。

香噴噴、肥滋滋的五花肉啊。

「等等我送你。劉嬸要做消夜給你帶回去吃，你再多待一會吧。」宮帆拉著陳謹維，將劉嬸拖下水。

嘖嘖，宮六啊宮六，深陷其中。

沒救了。

林茂軒與徐映齊對看一眼，夫夫間無聲交流，默契十足地跟小陳道別。

陳謹維被宮帆留了下來，宮帆環抱著陳謹維，瞪著林茂軒與徐映齊，彷彿這兩位是他的敵人，隨時可能搶走他的小維，他用眼神下逐客令，示意他們趕緊滾。

兩位夫夫乖乖地滾了。

陳謹維坐在沙發上，維持被宮帆環抱的姿勢，揮揮手向他們道別。

「時間差不多，你該送我回家了。」陳謹維將芋頭脆片吃完，對著把頭靠在自己頭頂上的宮帆說道。

其實我自己開車回家也行。陳謹維心想，卻沒有說出口，他猜就算說了，也不會被對方採用。

宮帆抱緊他幾秒鐘，種種捨不得，最後才鬆開手。

「走吧。我送你回去。」宮帆不情願地說。

陳謹維向李叔與劉嬸道別，收下劉嬸特地為他做好的消夜食盒。

宮帆隨手拿起他跑車的車鑰匙，走向大門。

陳謹維看了眼車鑰匙，眉一皺，阻止他：「別挑那輛，太高調了。」

「我換一輛。」宮帆換了另外一把車鑰匙，換了輛僅僅比跑車稍稍低調的車。

陳謹維在想，這輛動物牌名車若停在他家停車場一晚，隔天早上大概就會惹得全部鄰居側目。

但他今天沒打算讓宮帆回家。

陳謹維打著壞主意，並且準備實行了。

宮帆毫無察覺，牽著他的衣角，拖拖拉拉地往車庫走，嘴上叨念：「你也可以留宿，家裡有多的客房。」

「這怎麼好意思。」陳謹維邁開腳步，往動物牌的那輛車走去，他走得比宮帆快，走在他前頭。

宮帆不開心了，表情明顯不悅。

「你是不是很想快點回去！」宮帆攤牌說話。

「對。」陳謹維頭也不回，回應他，不去看宮帆的臉色，但光聽聲音就能猜到對方的情緒。這一個月來，對方是什麼德性，他心裡有底。千萬不能回頭看，也不能心軟，一旦口氣軟一點，對方就會順竿爬、得寸進尺。

宮帆解開車鎖，就算有小情緒，也還是上前一大步，為陳謹維開車門。

「明天你就不來宮氏了，留一晚跟我聊聊天不行嗎？」宮帆不放棄，仍舊試圖說服他留下。

「不行。」陳謹維鐵了心拒絕他。

宮帆大嘆口氣，為他好好地、輕輕地關上車門。大力甩車門這種沒品的事，他做不出來，與他的教養不合。

但這不代表他不在意，他怨陳謹維如此狠心。

明明他能感受到兩人之間曖昧的氣氛，但好似只有他一個人在一頭熱。

他不介意他們之間的溫差，他可以接受陳謹維態度冷淡，但他很難忍受陳謹維對自己的拒絕。

宮帆情緒不好，怕跟他吵架，所以選擇不說話。

一路無語，宮帆沉默地送陳謹維到達住處，陳謹維住的公寓是林茂軒幫他找的，實際上是宮家的房產之一，登記在宮帆名下。

宮帆第一次得知此事的時候，就乾脆地免了他房租，還包水包電包管理費，一口氣全包，恨不得能連同房客也包了。

將車停到公寓內的地下停車場，宮帆有自己專屬的停車格，不熄火不說話不解開車門鎖，大有跟陳謹維耗上的氣勢。

他們待了一會，直到陳謹維先開口說話。

「要上來坐坐嗎？」他邀請他。

「……要。」宮帆靜默很久，彆扭地答應，暗自又驚又喜。這還是小維第一次邀請他上樓。

宮帆終於肯熄火，解車門鎖，下車，殷勤地為陳謹維開車門。

陳謹維下車，向宮帆道謝：「謝謝。」

「不客氣。」宮帆關上車門，樂顛顛地跟在陳謹維身後，滔滔不絕地問：「真難得你邀我上樓，我以為你永遠不會邀請我參觀你家……我能喝杯茶再走嗎？」

他們搭上電梯，陳謹維按下自家樓層，並且告訴他：「我今天沒打算放你走。」

「啊？」宮帆一臉錯愕。

陳謹維伸手，摸向他褲子的後口袋，將他的手機拿出來，遞到宮帆面前。

宮帆傻愣愣地接下，還是一臉茫然，他剛才好像被小維用很色情的手法，吃豆腐了。害他心跳加速。

「打電話回去，跟李叔、劉嬸他們說一聲，今晚要在我家住，不回去，不用等門了。讓他們早點睡。」陳謹維對宮帆說，近乎命令式的口氣，表情無波無瀾。

電梯裡沒有訊號，等到達樓層，電梯門開，宮帆立刻照做。

宮帆結束通話時陳謹維已經站在自家大門前，拿出鑰匙打開門鎖。門打開了，陳謹維跨步走進。

宮帆拉住他的手臂，選擇在進門前，跟他告白：「在進去之前，有件事我覺得應該先跟你說清楚。我……我喜歡你。」

陳謹維背對他，點了點頭，回答他：「嗯，我知道。」

「那……你……」宮帆小心翼翼，想問又不知道怎麼問才好。

「我接受你喜歡我。你進來嗎？」陳謹維態度非常乾脆，回頭問他。

「進……」

雖然沒有聽到自己想要的回答，宮帆還是聽話地進到屋內，他能清楚意識到自己在陳謹維面前相當弱勢，經常被陳謹維牽著鼻子走。人家要他往東，他不敢往西走，盡可能順著對方的意思行動。

然而，他樂在其中。

陳謹維開了燈，室內亮起，像是樣品屋一樣的房子，維持著他剛搬進來時的模樣。他不是個有生活氣息的人，不會特地去布置居家環境。他有輕微的潔癖，東西擺放整齊，最好眼不見為淨。

「坐。我家只有礦泉水，沒有飲料。你要喝嗎？」陳謹維先請他到客廳坐下，轉身走向廚房冰箱取瓶裝水，隨手將劉嬸給的食盒放置到餐桌上。

「……要。」宮帆端正地坐在沙發上，雙手擺在自己膝蓋上，坐姿相當拘謹。

陳謹維只拿了一瓶水出來，邊走向宮帆，邊打開瓶蓋，自己先灌一大口。

宮帆盯著他灌水喝的動作，無意識地嚥下一口唾液。

陳謹維仰頭垂眼，回視著宮帆，散發出難以言喻的性感，他含了一口水，彎腰靠近宮帆，對準他的嘴，將嘴裡的水哺進對方口中。

宮帆在錯愕中接受了陳謹維的哺餵，儘管處於驚愕之中，雙手卻非常自然地扶著對方纖細的腰，讓他穩穩坐在自己的雙腿上。

陳謹維閉著眼，半餵半吻，和宮帆纏了十幾秒鐘。他停了下來，舔舔自宮帆嘴邊流出的水，貼得他很近，問他：「要繼續嗎？」

「……要。」宮帆怎麼可能拒絕？他又吞了一口唾液──他都分不清嘴裡是水、是自己的唾液，還是他的口水了。

光是接吻，他褲子底下的情況已經很不妙了。

陳謹維坐在他腿上，察覺到他身下的變化，戲謔地笑了，刻意挪動坐姿，蹭了蹭他立起來的位置。

「一起洗，還是我先洗？」陳謹維提問，頭靠在他肩膀上，雙手環抱他，將全身的重量賴在他身上。

宮帆刷地站起身，抱緊陳謹維，連同他一起抱起，激動地道：「一起洗！我要一起洗！」

陳謹維倒抽口氣，雙腿夾緊宮帆的腰，雙手抱緊對方。他沒料到宮帆力氣驚人，能將自己一舉抱起。他很快緩和過來，發現對方抱著自己也不手抖，穩健得很，這才放下心來。

「主臥室在哪，你知道的吧？」陳謹維明示，相信作為屋子原主人的宮帆清楚房間的位置。

「我知道。」宮帆維持這樣高難度的姿勢，抱著陳謹維進入主臥的浴室。

直到陳謹維要求，宮帆才放他下來。

「你不覺得重嗎？」陳謹維瘦歸瘦，但重量還是有的，意外他能輕易抱著自己移動。

「不會，你應該多吃點。我能抱起兩個你。」宮帆笑說，又捨不得放開他，雙手環抱他，彎腰將腦袋靠在他頭頂上，又是聞他的頭髮又是用臉頰蹭。

陳謹維比宮帆直接多了，出手伸進宮帆衣內，幫他將衣服脫了。陳謹維這才明白宮帆是屬於穿衣顯瘦、脫衣有肉的類型，與他華麗漂亮外型完全不符的結實肌肉身材，令人羨慕不已，恨得牙癢癢。

畢竟陳謹維是吃再多食物也不會胖，別說肌肉連肥肉都生不出來的體質。他雙手在宮帆結實的肌肉上來回摩挲，毫不客氣地騷擾，愛不釋手，要是這些肌肉長在他身上就好了。

宮帆被他摸得呻吟一聲，壓在陳謹維身上，含糊地嘟囔：「你再這樣摸下去，我會射出來的。」

「只是摸而已，會射嗎？」陳謹維偏頭，抬眼看他，眼睛帶著笑，說：「原來你有這樣的問題。」

「不是，我沒問題！是你摸我，我才這樣……」宮帆有種自己男性尊嚴受到挑戰的感覺，趕緊反駁，聽起來卻像是在狡辯。

「真的？」陳謹維往下摸，語氣變輕：「我來試試。」

他的手碰觸到宮帆勃發的性器，稍微感受了一下手中的分量與形狀，給予一個中上的評價。他探索性地摸著形狀，還沒想好要怎麼揉捏，倏地宮帆身體一個戰慄。

「好像稍微出來了一點？」陳謹維調侃著，抬眼看看宮帆。

宮帆白皙的身體泛著嫣紅，臉也紅透了，雙眼滿是情慾地望著陳謹維，漂亮又情色得引人犯罪。

陳謹維突然很想跟他接吻，他仰著頭，瞇眼盯著宮帆的唇。

宮帆察覺到他的意圖，主動迎上陳謹維曖昧的邀請，親吻他，邊親吻邊卸去兩人身上的衣物，直到互相都是赤身裸體。

輪到宮帆上下撫摸陳謹維的身體——太過單薄纖瘦，雖然對陳謹維充滿慾望，但他還是心疼地說：「我得養胖你。」

陳謹維聽了心裡不爽，張口用力咬住眼前離自己最近的肉，在宮帆的鎖骨處留下自己的牙印，瞪著他，惡狠狠地說：「吃了你！」

宮帆被咬、被瞪都不惱怒，反而開心地笑了出來。

「好啊。我把自己料理好，端到你面前，隨你想怎麼吃就怎麼吃。」宮帆口吻寵溺，任由他為所欲為。

聽聞，陳謹維笑了。

既然你這麼說，我就不客氣了。

第三章

宮帆以為自己作了一個美夢。

明明人已經清醒了，卻依舊閉著眼睛，不想太快睜眼面對現實，在腦海中不斷回味美夢的內容。

他們一起在浴室幫對方洗澡，陳謹維摸遍他的身體，他也將陳謹維裡裡外外清洗乾淨。他記得小維肌膚的觸感，骨感的身體讓他心疼，擁抱著對方，令他想把他鑲進自己的身體。

他們又是親吻又是撫摸對方。

光是在浴室，宮帆就去了兩次，他還記得夢中的小維像個小惡魔，調侃他：我什麼都還沒做，你怎麼就到了？

他自己也很吃驚，以前的對象得花點心思才能把他的小兄弟喚醒，做愛就像是完成某種需求，他個人並不熱衷。然而，當他面對陳謹維的時候，整個人都不一樣了，對方什麼都不用做，光是赤裸地站在自己面前，就能引起自己的興致。

洗完澡後，兩人散發出一樣的沐浴乳香氣，他貼著小維的身體聞個不停，整個人纏著他，雙手環抱那背對自己的人，雙腳也貼著他走路，像連體嬰一樣，一公分也不想跟他分開。

陳謹維因為行走太困難，乾脆轉身面對宮帆，獻上親吻，趁他沉迷於脣舌交纏的甜蜜之時，順利將人帶上床。

兩人躺倒在柔軟的大床，裸著身體，極度貼緊對方。

宮帆很快又起了反應，情慾全寫在臉上，意亂情迷地望著對方。

陳謹維與姿色淫靡的宮帆對上眼，心神一盪，被人勾走三魂，只想狠狠愛他，或被他愛一場。

宮帆聽見小維咒罵了一句，可惜沒聽清楚他說了些什麼。

陳謹維氣極敗壞地抓了顆枕頭，將枕頭壓在宮帆臉上，還不准他把枕頭拿開。

「為什麼？我想看著你。」宮帆試圖推開枕頭。

「不准。」

陳謹維惡質地不允許他拿開枕頭，還用力壓了壓。

面對小惡魔陳謹維的要求，宮帆不敢違背，飽受委屈地抓緊枕頭。失去面對陳謹維的視覺，其他感官卻更加明顯了。

他從觸感可以知道陳謹維跨在自己身上，親吻他的胸膛，沿著中央線條一路往下親，舔到腹肌時他動作慢了下來，卻更加情色了。

陳謹維本來抱持著服務對方的心態，但他親著親著，漸漸忘了初衷，怪眼前這具身體太過迷人，身形修長、結實且充滿力量，沒有一處有鬆懈難看的軟肉，簡直是夢想中的完美身材。

因為是用舌頭接觸，更能感受肌肉的曲線，天吶，宮帆有如此明顯的肌肉線條！

他忍不住流連忘返地舔著他想要的腹肌。這些要是長自己身上不知道該有多好。

失去視覺的宮帆很敏感，整個人無意識地緊繃著，肌肉跟著僵硬，他感覺到自己被陳謹維咬了一口。

老天，他差點高潮。

「維……小維……」宮帆喘著大氣，向陳謹維求饒。

陳謹維終於繼續往下，舌尖舔入宮帆的肚臍，肚臍是高敏感區，有些人光被舔肚臍就能達到極大的快感。

他對宮帆的肚臍做著侵犯的動作，觀察著他的反應。

然而，宮帆被舔到肚臍的時候笑了出來，他扭了扭身體，沒太強烈的抗拒。

這不是陳謹維預期的反應，可見肚臍對宮帆來說不算敏感帶，他有些失望，但沒多糾結，接著往下。

感覺小維往下走向越來越不妙的位置，宮帆動了動，想坐起身。

陳謹維卻壓住他的肩膀，輕責威嚇：「不准動。再動，就不做了。」

宮帆立刻躺回去，連枕頭都主動壓在自己臉上，表現乖巧。

陳謹維繼續做他想做的事，單手扶起宮帆的性器，他前戲舔個老半天，宮帆的器物早已硬挺。他感受著宮帆的長度與大小，不知道宮帆是吃什麼長的，這玩意竟然比他之前見過的都要大。

然而，他以前從沒想過要把這東西往嘴裡放。

陳謹維想到這點，突然意識到宮帆對自己而言，或許真是有那麼點不一樣。

他為難地盯著好一會，思考要怎麼下嘴。

「嗯——」他沉吟，終於下定決心一嘗。

陳謹維以拇指撫摸鈴口的位置，感受前端的直徑，那處渴求憐愛般地滲出透明體液，他利用對方的體液與自己的口水潤滑，沾滿表面。接著，他張口一點一點、緩慢吞下。

陳謹維說要吃他，可不是隨口講講，他真的將宮帆的東西吞進口裡了。

「啊啊！」宮帆感受陳謹維口中的溫熱，他無意識一個弓身，將下身更深入的頂進他口腔之中。他壓著枕頭直喘大氣，身體不受控制，想更凶狠地侵犯。

這不在陳謹維的預料之中。

他悶哼一聲，差點被宮帆碩物噎到窒息，他的口水不受控制地順著陰莖流出，越發滑潤，他不得不報復性地稍稍收緊牙關。

「啊！」宮帆驚得尖叫，立刻停止自己反射性的動作。

陳謹維吐出，喘口氣，不爽哼說：「我說了不准動！」

「對不起、對不起，我不自覺地……」宮帆跟他道歉，深怕他到此為止不繼續做下去。

可惜他已經惹毛陳謹維，服務到此為止，陳謹維不打算讓他好過了，接下來可以用酷刑來形容。陳謹維要他不准拿開枕頭、不准看他、不准碰他，他什麼都不能做，只能乖乖承受。

每當宮帆快要到達高潮，陳謹維就會收手改逗別處，讓他想射又不能射，如此反覆。

宮帆飽受煎熬，一度懷疑自己會被對方玩廢。

陳謹維整晚玩弄宮帆的身體，直到他睡眠時間到了，才大發慈悲，給顆糖吃，讓對方達到高潮。

宮帆忍了一晚上的量，噴滿他手心，黏黏稠稠的。

他洗過手後，蓋好棉被，和宮帆道聲晚安，準點睡了。

宮帆爽過恍惚許久，等他回過神來，發現陳謹維已經陷入熟睡。

他的美夢大致是這樣的內容。

夢中的小維像個惡魔，惡質地玩弄他，偏偏令他沉迷不已。

好想要繼續作夢。宮帆捨不得醒。

他的掙扎被一聲不屬於自己手機的來電鈴聲給打斷，他感覺到身邊有人猛地爬起，伸手越過他，拿起鈴聲大響的手機。

宮帆睜開眼，意外地看見赤身裸體的陳謹維，他這才驚覺：是真的！他不是在作夢！他雙眼放光，直勾勾地盯著陳謹維，覺得自己幸福到要爆炸了。

陳謹維無視身旁閃閃發光的宮帆，他滑開手機螢幕，接聽電話，低著頭，單手遮著眼睛，一邊與他的低血壓對抗，一邊打起精神與電話那頭的人對話。

宮帆坐起身，雙手環抱陳謹維，將頭靠在他肩膀上，享受這份幸福時刻。

「小陳，我是林。」對方表明自己的身分。

「學長。」陳謹維喊了一聲，表示自己知道。

「不好意思，今天休假還這麼早打擾你。」

「不會。」

「你今天能來一趟公司嗎？」

「可以。」陳謹維沒有問理由，直接答應他。

「盡量十一點前到，需要我去接你嗎？」

「發生什麼事了嗎？」

「我剛收到通知，A國那邊出了點狀況。我想瞭解這幾天的工作處理進度，不用擔心，我想應該不會是什麼大事。」林茂軒解釋，他態度平穩，不著急也不緊張，只是需要知道細節才能做決定。

陳謹維一聽，立刻答應：「我現在就過去。」

「辛苦你了。需要我接你嗎？」林茂軒又一次詢問，知道陳謹維暫且沒有交通工具，他不介意前去接人。

「等等，我問一下。」陳謹維轉頭，終於轉頭看向幸福到閃閃發光的宮帆，問道：「能送我到學長公司一趟嗎？」

「可以是可以，但今天明明放假……可惡的林打斷我們的兩人世界！」宮帆同意歸同意，但難免有些微詞。

「宮六跟你……你們在一起了？」林茂軒很意外，向陳謹維確認。

「大概。」陳謹維含糊地回答。

林茂軒沒有追問下去，確認陳謹維能進公司，便結束通話。

宮帆跟陳謹維貼得近，林茂軒的問題他也聽見了，他很不滿意陳謹維的回答。在他們結束通話後，立刻追問他：「大概是什麼意思？我們不是在交往嗎？」

宮帆緊緊抱著陳謹維的腰，不許他逃跑迴避自己的問題。

陳謹維沒有逃避的意思，他放下手機，提議：「能換個姿勢說話嗎？」

「不行，你就這樣說吧！」宮帆拒絕。

好吧，你王子病嚴重，我平凡人我聽你的。陳謹維不掙扎，放鬆身體，任由他抱著，纏著自己。

「我不知道要說什麼。」陳謹維無奈地說。

「很簡單，就說我喜歡你。」宮帆教他怎麼說。

陳謹維沉默。

宮帆大呼小叫：「難道你不喜歡我嗎？」

「我不知道。」陳謹維聳肩，他摸不清楚自己的想法，便沒有隱瞞地誠實回答。

「什麼！」

「不知道。」

陳謹維一句不知道堵死宮帆，要不是他趕時間，相信宮帆非要打破砂鍋問到底，不問出個所以然絕不罷休。

宮帆特別不開心，琢磨著陳謹維那句不知道，越想越不明白。

陳謹維知道他在糾結，他自己也很糾結。他實在想不通，為什麼自己不敷衍宮帆，按照他講的說喜歡他不就得了？這種謊話，他以前面對金主的時候，說得可溜了，半點心理負擔也沒有。

奇怪的是，面對宮帆的時候，他不想對他說謊，連敷衍的回答都不願說出口。

或許是宮帆那張臉長得太好看，或許是他的眼神中的愛意太過純粹，讓他沒有辦法騙他。

陳謹維的臉色不太好看，一早起來還沒進食又低血壓，臉色特別蒼白。洗臉穿衣，他每做一個動作都得停下來，閉上眼睛適應一陣又一陣的頭昏眼花。

宮帆對陳謹維是又氣又愛，當然是愛更多一點。他捨不得看陳謹維難受，拿他沒輒，沒辦法再逼問下去。

出門時，宮帆喃喃自語：「你肯定是上天派來對付我的。」

他一帆風順的人生，從遇到陳謹維開始飽受挫折。

陳謹維身體太過不適，沒有理會他的消沉。

宮帆扶著他上車，幫他繫好安全帶，讓他多睡一會。

「原來你早上的狀況這麼差，都不知道你平時是怎麼起床的。」宮帆上了駕駛座，邊發動引擎，邊頻頻轉頭確認陳謹維有無不適，見他難受，他心疼得要死，忍不住叨唸。

陳謹維癱在副駕駛座上，閉著眼睛回答他：「提早兩個小時起來適應，吃顆糖果。糖果剛好前天吃完了，還沒時間買。」

「這樣不健康。」宮帆皺眉，十分不贊同。

「我知道……」陳謹維有氣無力的呢喃。

陳謹維的情況一直到他吃下第一口食物後開始好轉，整個人從垂死邊緣復活過來，邊咀嚼邊舒緩口氣，瞬間恢復正常。

「基本上吃過東西後，就沒事了，只有起床會困難一點。」陳謹維活過來後，說話也流利許多，思緒變得靈活不少。

「你真應該早告訴我。」

「告訴你的話，你會想盡辦法把我留在你家。」陳謹維推測他的行徑。

「你怎麼知道我正在想辦法說服你搬到我家住？」宮帆眼睛一亮，沒想到陳謹維這麼瞭解自己，他沒有被拆穿的窘迫，倒是順著話題問：「如何？你打算什麼時候搬過來？」

陳謹維吃著早餐，不想回答他的問題。

吃完一份餐點，陳謹維想到一件很重要的事，向宮帆說：「對了，我現在說我喜歡你還來得及嗎？」

「是真心的嗎？」宮帆趁著停紅綠燈的時候，轉頭，用特別期待的表情看著陳謹維。

沒辦法，還是開不了口騙他。

「不知道！」陳謹維轉頭望向車窗外，迴避掉他的視線。

怎麼就狠不下心說謊騙他呢？陳謹維心裡惱怒。

兩人抵達林茂軒的公司，除了林茂軒以外，徐映齊也在場。

徐映齊聽說小陳與宮六在一起了，特地過來看八卦，湊個熱鬧。他們一來，他立刻上前跟宮六握手，注意到宮六穿著跟昨晚一模一樣的衣服，開口道賀：「恭喜恭喜！」

「謝謝、謝謝！」宮帆回應。

搞得跟在喜宴現場向新人道賀一般。

「來啦。我們要談正事，你們去一邊玩。」林茂軒見陳謹維來到，點頭向他招呼，讓他進辦公室，順口打發互相道賀的好友與愛人。

陳謹維向徐映齊點頭招呼後，越過握手的兩位，走進辦公室。

林茂軒隨即將門關上，將他們隔絕在外。

「不簡單啊，宮六。」徐映齊瞇眼，嘖嘖稱奇：「時隔兩年，終於找到新對象了。對象是林的學弟，你可要好好珍惜對方。不要又冷落對方，害對方耐不住寂寞劈腿。」

「我當然會珍惜對方，過去的錯誤，我不會再犯。」宮帆從善如流地應對，無視徐映齊刷刷射向他的暗箭。

「那就好。」

雙雙嘻笑著，卻有種暗潮洶湧的感覺。

另一邊，林茂軒與陳謹維在談論正事。

陳謹維將這段時間的工作進度鉅細靡遺地交代，他有做工作筆記的習慣。

林茂軒看著筆記進程，明白了問題出在國外廠商，並不是他們的錯誤。若要論起責任歸屬，國外廠商得負較大的責任，只是協商過程肯定得派人過去商談。

陳謹維評估一會，前陣子有件標案由林茂軒負責，已經快要收尾了，作為負責人得留在國內以備不時之需。他自告奮勇地表示自己可以當代表，過去跟廠商協商，盯緊進度免得再度出包。

「這麼一來，你得在那裡待上一段時間。」

「沒關係。這本來就是我的業務，可能是我沒交接好，所以我也該負起一部分的責任。」陳謹維表示。

林茂軒聽了這段話，忍不住嘆口長氣：「有你在就是令人安心。這種安定感，真希望每一個員工都能擁有。算了，可遇不可求，有你一個我就已經很心滿意足了。」

「謝謝誇獎。」陳謹維道謝，心裡是高興，但臉上表現不出愉快的表情，依舊是一號表情。

「所以，你和宮六是怎麼一回事？昨天之前，你們應該還不是這種關係。」林茂軒談完正事，接下來想聊點八卦，打趣地向他提問。

陳謹維一愣，抬頭，回應林茂軒的視線：「沒想到學長對員工的私人關係有興趣。」

「當然，你是我最得力的助手又是學弟，而宮六是我朋友。你們要是分手，我肯定會受到牽連。」林茂軒有個正經八百的理由，隨後笑道：「說笑的，你別覺得有壓力。我只是好奇。你要是不想談，可以不用回答我。」

陳謹維點頭，低下頭繼續在他的工作筆記上做紀錄。

正當林茂軒以為他不打算談時，陳謹維開口了，輕描淡寫地解釋：「我現在搞不清楚對他到底是什麼想法。但是一想到以後可能沒交集，就覺得心裡不爽快，所以昨晚……我是有點衝動了。」

「你後悔嗎？」林茂軒又問。

「那倒沒有。」陳謹維回答得很快，沒有半點猶豫，昨晚他根本是在欺負甚至是虐待宮帆，要說後悔，也該是對方後悔。他接著道：「學長，沒事的話，我先回去了。今天我休假。」

「你走吧，剩下的交給我。不好意思讓你跑這一趟，我會算你加班費的。」林茂軒揮揮手，批准他離席。

「謝謝學長，我先走了。」陳謹維收起工作筆記，站起身，往門外走。

他剛走出辦公室，宮帆立刻上前。

「結束了？可以走了嗎？」宮帆一連問了幾個問題。

陳謹維有種宮帆變成狗的錯覺，半點看不出對方被那樣對待後有任何後悔的跡象，他花了一個眨眼的時間，恢復正常。他對宮帆點頭：「可以走了。我們走吧。」

宮帆聽到那句我們走吧，簡直開心到要飛起，綻出一個燦爛笑容，牽起他的手，與他十指交扣。

陳謹維不習慣和人十指交扣式的牽手，一秒皺眉，但忍住甩開他手的衝動。

「哇嗚，雖然我也有戀人，但我覺得好閃，無法直視。」徐映齊伸手遮眼，無法直視十指相扣的宮六與小陳。

宮帆特別得意，揮了揮手驅趕徐映齊。「去去，去找你男友牽手。我和我男友要先離開了。」

「拜拜，慢走。」徐映齊揮手，像在趕蟲子一般，送他們走。

陳謹維沒有當著徐映齊的面糾正他的說法，他等到進入電梯後，才對宮帆聲明：「我還沒答應跟你交往。」

「但我們該做的，都做得差不多了。」宮帆低語：「手也給我牽，還不承認？」

「我需要一天考慮。正好今天休假，我們來約會吧。」陳謹維提議。

他表現得太過冷靜了，像是在和對方討論公事一般，導致宮帆一度沒反應過來，傻愣愣地問：「約會？」

「如果你今天有別的事要忙，就當我沒提過。」

「沒事！沒事！我沒有別的事要忙！我要約會！」宮帆立刻喊道，幸好他們待在電梯裡，不至於讓其他人看見他的糗態。不過就算被人瞧見他也不介意，他腦海只剩下要跟小維約會的想法。

人家拋出這麼一大塊的餡餅，他不抓緊就是傻子。他問：「你想去哪呢？一天的話，只能去附近的地方，我家的飛機今天應該可以飛，你等等我，我去跟人確認一下。」

我家的飛機……陳謹維好像聽到了什麼很不得了的話，他決定選擇性失聰，無視掉這種小細節。

宮帆的約會跟他所想的約會跳度有點太大，陳謹維的直覺告訴自己，這種時候絕對不能讓對方做決定。

「我們去看電影吧。」他提議。

這是一般情侶或曖昧中的一對會去做的事，最棒的是長達兩個小時可以不用特地尋找話題，只須完全沉浸在影像之中。陳謹維如此打算。

「好啊，只是現在包場可能有點來不及。我請人問問看，哪一間電影院現在人潮不多，能空出一個廳給我們。」宮帆從善如流回答。

包場、一個廳……陳謹維閉上眼睛，消化宮帆言語的意思。身為庶民，他有點跟不上有錢少爺的思維。

此時，宮帆已經拿出手機，準備行動。

陳謹維猛地睜眼，抓住對方的手臂，制止他的舉動。

「你家不是有個影視廳嗎？隨便租個片回家看就好了。」陳謹維提議，打消他包場的念頭。

「也行。家裡更好，還能請劉嬸做些點心來吃。」宮帆沒意見，都順著他。他趁機單手環住陳謹維，彎腰低頭香一口。

陳謹維為自己的機智打上一百分，就算被偷親也隨便他了。

電梯到，他推開宮帆的臉，催促道：「走吧。」

「好。」宮帆手握緊了陳謹維，往自己停車的地方走去。

上車後，陳謹維拿出手機查近幾年電影，確實找到幾部略感興趣的，他問身旁開車的宮帆：「找到幾部評價不錯的懸疑片。《暗藏殺機三部曲》，你看過沒有？」

「喔！那套我家有。」

陳謹維連問了幾個評價在八分以上的電影，發現宮帆全看過了，並且還有買下收藏。他們免去租片的行程，乾脆直接回宮帆家。

「你全都看過，再看一次會不會很無聊？」陳謹維問。

宮帆這樣回答：「沒關係，我看你就不無聊了。」

很好。陳謹維對這類的甜言蜜語免疫，沒有任何想法。

可怕的是，宮帆是真心打算這麼做。

他們待在宮帆家的影視廳，茶几上放著劉嬸給他們準備的茶點，用一整面牆的大螢幕播放電影，劇院音響在低音時震得玻璃直響，營造出臨場感。

陳謹維專注地看著電影，抱著一盒自製餅乾一片接著一片吃，而宮帆在看他。

長達兩個小時的電影，宮帆有三分之二的時間在看陳謹維，三分之一的時間在幫他倒茶倒飲料拿各類型的點心，恨不得能將他一口氣就養胖一點。

陳謹維神經再大條，也受不了身旁有個人，用充滿愛意的眼光直勾勾地盯著自己，好不容易看完一部電影，他放下食物與飲料，看向宮帆。

宮帆一雙大長腳交疊，手撐在膝蓋上，彎腰側身，這個姿勢最能好好觀察陳謹維，神情專注，只看著他一個人。

任何人被他這樣看著，都會被他迷得神昏顛倒。

好好一個高富帥兼白富美，偏偏喜歡自己。

「怎麼了？要吃點別的什麼嗎？」宮帆笑問。

陳謹維問他：「一直看著我，你不膩嗎？」

「怎麼會呢？你吃東西的模樣很可愛，完全看不膩。」宮帆伸手，以指腹擦去陳謹維嘴角的餅乾屑，接著將手指含進嘴裡，將餅乾屑吃掉。動作如此自然，他恐怕沒意識到自己做了什麼。

陳謹維將他的舉動看在眼底，眼神一暗，心一緊，突然……有興致了。

「我不想吃這些東西了。」陳謹維抽了張面紙，擦乾淨自己的手。

宮帆見狀，接過他手上的面紙，替他擦乾淨手指。「那想吃什麼？我讓劉嬸去準備。」

宮帆藉由擦手的動作，趁機吃豆腐，一根根仔仔細細地擦。陳謹維的手指短小，指甲也剪得很短，整體來說非常乾淨。連手指都很可愛，他又一次在內心感慨，這是一個多可愛的生物。

他不僅想幫他擦手，他還想親吻這些小手指。

想做就做，他抬起陳謹維的手，親吻他的指節。親完，並不能完全滿足他，還想舔舔看。

他伸出舌頭舔著對方的指節，舔到根部，舌尖勾回，慢慢地舔到指尖。有著淡淡的餅乾香氣與甜味。

宮帆瞇眼，帶著笑意盯著陳謹維，期待他的反應。

「你故意的？」陳謹維問著，但心裡已經百分之百肯定，對方在勾引自己。

「嗯……」宮帆含糊地承認，繼續舔著陳謹維的手，將他每一根手指舔遍，連手掌心也不放過。

都說十指連心，陳謹維雖然鈍感，但指尖還是敏銳的。他被舔得直喘氣，臉色竄紅，心癢難耐，讚揚他：「你這招滿厲害的。我被你弄起來了。」

「我會負責的。」宮帆笑說，相當滿意他的反應。

「那就麻煩你了。」陳謹維將主動權交給對方，任由他為所欲為。

獲得對方應許的宮帆，燦笑，他可要把昨天晚上碰不到、碰不得的憋屈，一次統統補回來。

他繼續親吻陳謹維的手，手背手心，沿著手掌往上，隔著衣服吻，親上他的肩頭、脖頸，最後親吻他的嘴唇。

陳謹維和他交換一個深吻，光是親吻就有四、五分鐘之久。

偏偏宮帆樂在其中，他還想細細品味他的身體，雙手探進陳謹維的上衣裡頭，摸個老半天，也不脫掉。

陳謹維開始後悔將主動權交給宮帆，太纏人了。他抓住宮帆的手，往自己身下移動，讓他明白自己現在的狀況。

「等不及了嗎？」宮帆笑說，手隔著褲子揉揉陳謹維的性器。

「不做，我就自己來。」陳謹維放開他的手，求人不如求己。

「別別！我做！只是滿足你之後，你得好好陪我。」宮帆制止他，一手拉開他的手，一手繼續揉著陳謹維的那處，不忘談條件。

「快點。」陳謹維要他少說廢話，趕緊進入正題。

宮帆見他不爽，也覺得可愛。但他不敢再招惹陳謹維生氣，他配合地安撫對方，竭盡所能地討好對方。

「不要隔著褲子……」陳謹維喘著氣，牽著宮帆的手探進自己褲子裡頭，引導對方親手撫慰自己，他發出甜膩的呻吟，不忘命令宮帆：「揉這裡。」

宮帆嚥下口水，摸著陳謹維的那處，順帶照顧一下柔軟的雙球。

陳謹維靠在宮帆身上，貼緊他耳朵，讚許：「好棒，那裡很舒服。」

聽著陳謹維發出壓抑的悶聲呻吟，宮帆也心癢難耐，拉開彼此的褲子，將自己的性器與小維的貼緊，一手握著兩人的器物互相摩擦，還要不厭其煩地和他深吻。

「維，我親愛的小維……好喜歡你。」宮帆喊著他的名字。

「煩……閉嘴……」陳謹維已經陷入情慾之中，雖然嘴上不客氣，但他卻被宮帆那句好喜歡你，勾得起了雞皮疙瘩。

他悶悶地呻吟一聲，竟然率先射了出來。

宮帆比他稍晚一些。

雙雙交代在宮帆的手中，陳謹維喘口大氣，想掙脫對方，試了兩下，撼動不了對方一分一毫。

「抱歉，你再陪陪我，好嗎？」宮帆執拗地要求，又親又摸，停不下來。

陳謹維扭了下身體，發現論力量完全不是對方的對手，乾脆放鬆，認命地由著他去。

宮帆開心地將他身上衣服全脫光，怕他冷，不忘將空調溫度調高，接著親吻他身體每一個角落，眼睛鼻子嘴巴，喉結鎖骨，胸上的小乳尖，瘦得根根分明的肋骨，凹陷的肚臍——他在模仿昨晚陳謹維做過的事，只是他做得更徹底一點。

現世報。陳謹維心想。

他看著宮帆拉起自己的右腳，舔自己的腳趾，連腳底板都不放過。舔得他渾身發癢、起雞皮疙瘩，他不自覺地轉動身體，想躲避宮帆的纏人攻勢。

這個人腦子裡到底在想些什麼？也不嫌髒……

陳謹維很疑惑，開口調侃他：「沒想到你看起來白白淨淨一派斯文，私底下卻有這樣的性癖。真是太出乎我意料。」

「認識你之前，我不會這樣。是你引誘我這麼做的。」宮帆輕笑反駁，將他完完整整翻轉，讓他背對自己。正面享用完畢，接著輪到後面了。後面也要鉅細靡遺，一點一點地好好品嘗。

他從腳趾開始出發，腳底板、後腳跟、腳踝，順著根部，舔到小腿，小維細瘦的小腿幾乎要跟他的手肘一樣纖細了，可愛又脆弱。

陳謹維的背部比正面敏感，趴在小抱枕上，正好能讓他咬著不發出羞恥的聲音。

宮帆已經親到屁股的位置，張口咬下一口——沒聽到喊聲，內心不滿足，便對陳錦維說道：「這間房的隔音很好，不用擔心會被劉嬸他們聽見。」

陳謹維將聲音全悶在小抱枕，他惡狠狠地回頭，瞪著宮帆：「不准碰那裡！」

「我不會做什麼的，只是舔一舔。」

「不可以……下一次……下次再說。」陳謹維難得地燒紅了臉，說話方式也有些改變，他甚至氣急敗壞地說：「不做了！到此為止！你走開！」

「對不起、對不起，我不碰這裡。我答應你，這裡我們下次再做。」宮帆立刻改口，順著他的意思，避開了屁股的位置。

陳謹維本來想再多掙扎一會，但是宮帆立刻壓上來，以身體的優勢制住他，害他動彈不得。

宮帆雙手環抱他，安撫性質地親親他的背脊。

「抱歉，我不知道你會這麼排斥，我不會弄那個地方了……至少現在不會。你別生氣了。」宮帆溫柔的低語。

陳謹維的氣也消了大半，那一瞬間的緊張感消失無蹤。他將臉悶在抱枕裡頭，不去看宮帆。

宮帆不願意他逃避，拿開他臉下的小抱枕，丟到一邊去，和他說：「別悶著臉。你跟我說說話吧？」

沒了小抱枕，陳謹維一度無所適從。

宮帆堅持要面對面，兩人於是換了個姿勢。陳謹維像是孩子一般坐在他身上，他散發出一股挫敗感，宮帆雙手抱著他，真沒打算再繼續做什麼了。

「你可能不相信，但我沒有後面的經驗，太突然了，我還沒有心理準備。你……你等我做好心理準備吧。」陳謹維窘迫地向他坦白，做到一半突然喊卡，作為男人，他能理解宮帆會有多煎熬。

「沒關係，我等你。」宮帆速答，沒有惱怒，也沒有怨言。在得知他是第一次後，更不會責怪對方喊停。

陳謹維抬頭看他，宮帆帶著微笑望他，眼神中充滿愛意。

他有點沖昏頭了，脫口而出：「我們交往吧。」

宮帆笑成花，用力親了口陳謹維的臉頰，作為回答。

風騷總裁強勢包養

第四章

陳謹維從早上開始就很不順。

事件一——

他現在跟宮帆處於半同居的狀態，大部分的時間住在宮帆家，偶爾會回自己家住個一天，拿點家裡的東西，但宮帆的個人物品在他家不斷增生，不知不覺間，他家添滿屬於宮帆的色彩，總有些他沒見過的奢侈品出沒。

比如今天，他因為低血壓造成的早起障礙，導致他在刷牙的時候，打破了一瓶高級男性香水。

那股香氣在噴上一點的時候是好聞的，但當它大量散布瀰漫的時候是可怕的。

他在浴室呻吟一聲，逃出浴室，忍著頭痛，對正在換衣的宮帆說道：「你放在浴室的香水被我打翻了。你……你想想辦法。」

他氣若游絲，單手扶著額頭，頭痛得要命，沿床坐下。

「沒關係，我待會請人過來清理。我先開窗，散散氣味。」宮帆邊說邊往浴室走，打開了窗戶透氣，關緊浴室門，接著回來將衣服穿好。

他穿戴整齊後，拿出另一件襯衫，為虛弱的陳謹維換衣。這是他每天早上最期待的事。

小維的襯衫與他身上這件是同一裁縫師傅出手，是名副其實的情侶裝。

乍看之下彷彿平凡無奇的普通襯衫，勝在師傅細心剪裁，邊線乾淨俐落，布料又好。加上劉嬸細心整理，定期熨燙，李叔還專程為兩人送上平整無皺褶的襯衫。

陳謹維被人服務換穿好襯衫，自動自發站起身，讓宮帆接著幫他換褲子。

宮帆攏好西裝褲管，為他單膝跪下，一個口令一個動作，讓他換腳套進褲子。

陳謹維沒骨頭似的，彎腰趴在宮帆的背上，只動他的雙腳。宮帆也不嫌重，任由他趴著，穿好褲子後，順勢一把將人扛起。

「啊——」陳謹維氣虛地驚呼，隨他去了。

宮帆將他放置在客廳沙發上，親一口他臉頰說：「再等我五分鐘。」

「記得拿我的公事包。」陳謹維閉著眼睛提醒。

「好的。」宮帆輕快應答。

他聞到那股濃郁的男性香水味，儘管是木質基調的味道，但大量灑出來，從浴室飄散到客廳，依舊驚人。他手摀住嘴鼻，感覺快要窒息。

「走吧。」宮帆一手拿著陳謹維的公事包跟車鑰匙，一手扶著陳謹維起身。

陳謹維頭有點暈，低血壓又頭痛，雙重打擊。移動期間，宮帆似乎跟他說了些什麼，他沒聽清楚，隨口答應。

宮帆似乎很開心的樣子，在電梯裡頭連親了他好幾下，直到他受不了，一手將人的臉推開為止。

陳謹維頭暈頭痛的症狀，依舊在吃過早餐後緩和。

這時他才有多餘的餘韻與心思，注意到宮帆的不對勁。

宮帆邊開車邊哼著歌，一首木匠兄妹的〈靠近你〉，唱得輕快，樂開花了般，總覺得他今天的華麗與閃亮程度是平時的好幾倍。

陳謹維揉揉眼睛，心想是不是眼花，出現幻覺了。

他回想今天早上發生的事，確認了宮帆似乎是因自己意識模糊時胡亂答應了什麼，才開始心花朵朵開的。

陳謹維花了一個眨眼的時間，猶豫著要不要問清楚一點。

算了，應該不是很重要的事，就讓他繼續開心下去吧。

他打消問清楚的念頭，但——

事件二——

剛到辦公室不久，林茂軒通知他，國外那個出包的廠商已經準備好跟他們協商，明明是對方的錯，也是對方拖拖拉拉到現在才要處理，卻很敢下通牒，放話要他們的人最晚下星期得到場，不然就按照他們自己的方式走。

也就是說，他後天得出發。

事件三——

中午期間，陳謹維邊吃午餐邊回覆電子郵件，順便看班機時刻。

一心多用的下場是他一個手滑，午餐啪地砸在他衣服上，午餐、訂製襯衫與西裝褲一起壯烈犧牲。

幸好他之前經常在公司過夜，公司裡備有他的換洗衣物，但不那麼正式，是很休閒的牛仔褲與棉質上衣。

換衣服的時候，他總覺得好像忘了什麼很重要的事，他花了幾分鐘的時間回想，但始終沒能想起，果斷放棄思考。

事件四——

屋漏偏逢連夜雨。

下午兩點鐘，他們合作的客戶臨時前來拜訪，偏偏他一身休閒棉質上衣與牛仔褲的裝扮，長相又顯嫩。對方誤以為是林茂軒的表弟之類的親戚來公司觀摩實習。

確實，他如果不穿西裝，看起來就跟十七、八歲的少年沒兩樣。不論是娃娃臉的相貌或是過於纖瘦的身型，都會造成人視覺上的誤解。

最糟的是，頂著這張娃娃臉，跟人嚴肅地談起公事，對方很難將你當一回事。

幸好今天只是客戶的臨時採訪，並不是在談判桌上的商談。

以上四件糟心事接踵而來，陳謹維不是個迷信的人，但連他都想早退，找間廟拜一拜、收收驚了。

下午四點半，宮帆打了通電話給他，他沒有第一時間接起，而是在工作告一段落後，才回撥過去。

「怎麼了？」陳謹維開門見山直問，沒有任何開場問候。

宮帆習慣他直來直往的通話方式，依舊保持好心情地回答：「小維，我今天會稍微晚一點過去接你下班。」

「你有事要忙的話，我也可以自己回去。」陳謹維說。

對方陷入幾秒鐘沉默。

陳謹維有種不好的預感。

「你忘記了！我早上才提醒過你！今天是我們交往滿一個月，我們說好要去慶祝！」宮帆用不可思議的口吻吼，還有點受傷。

「該不會是早上出門的時候……」

「你想起來啦！」

沒有！一點印象都沒有！

「喔喔，嗯。」陳謹維含糊地應答。

儘管被陳謹維遺忘重要的約定，卻沒有影響到宮帆的好興致。他依舊保持高昂的語氣，對他提醒：「你要乖乖等我，我六點前會到。」

「好……」

陳謹維結束通話，摸著自己的良心，心想：交往滿一個月慶祝個頭！

晚間五點，林茂軒收拾好物品，要去宮氏接送他的伴侶下班。離開前，發現若非必要絕不加班的陳謹維竟然還待在公司，他太意外了，特意在他辦公桌前停留，出手敲了敲桌面。

「怎麼還不下班？」林茂軒詢問他。

陳謹維抬起頭，答非所問，反問他：「學長，交往一個月有必要慶祝嗎？」

「啊？」林茂軒愣住，但他很快反應過來，笑道：「你們今天要去慶祝交往滿月？」

陳謹維微微點頭，承認了。

「宮六以前不玩這套，看來他真的很喜歡你，好好珍惜啊。你慢慢等，我先走了。我要去接我家那位。」林茂軒笑得一臉幸福模樣，往大門外走去。

他剛移步，宮帆便進來了。

人未到，先聞到花香。

一大束的豔紅玫瑰花出現，率先抓住人們的視線，緊接著是打理得特別帥氣的宮帆，他將大部分的長髮往後梳，束成一束，少部分則隨興地披散，露出精緻華麗的五官，濃眉挺鼻，以及會往上勾的嘴角。一身三件式的西裝，身材高䠷，姿勢筆挺，他的外貌全身上下、從頭到尾，堪稱完美無缺。

由於宮帆心情很好，導致他一路笑臉迎人，任何人看到他這樣，都忍不住回頭多看幾眼。

他就像是一隻開了屏的孔雀。

風騷。

騷。

「親愛的小維，讓你久等了。」宮帆將花束送到陳謹維手上，無視一旁的林茂軒，眼中只看得見他最愛的陳謹維、他的維他命。

「好好，我礙眼，我先走了。」林茂軒自知成了電燈泡，戲謔地看向陳謹維，傳達你好自為之的一眼後，揮手離開。

陳謹維抱著直徑約三十公分左右的玫瑰花束，再看向開心得不行的宮帆，花了一個眨眼的時間，將內心湧上的各種想法壓下。

他決定順著對方的浪漫情懷，不說什麼掃興的，千言萬語化作一句：「謝謝。」

「謝謝你喜歡。我們走吧。」宮帆更加開心了，親完他的臉頰，幫他拿公事包，請他動身。

陳謹維雙手抱著花束，站起身。他突然靈機一動，想到一個非常好的說法，能說服宮帆以後不再買花送他。

「以後不要買這麼大的花束了。這樣抱著花，我就沒辦法空出手和你牽手了。」他對宮帆如是說。

「你說得對，以後不買了。」宮帆頻頻點頭，同意他的說法，而且非常在意，一到停車場，立刻幫他將花束放到後座去。

為了彌補剛才沒牽到手的遺憾，宮帆提議他們可以邊牽手他邊開車，遭到陳謹維嚴肅的拒絕。行車安全至上，宮帆只能打消念頭。

到達宮帆預約好的法式餐廳，陳謹維被門面驚呆，進出的人全是正裝打扮，他愣了半會，低頭看看自己一身棉質上衣與牛仔褲——他不覺得以自己現在的穿著打扮適合進去這間餐廳。

宮帆興沖沖下車，繞到副駕駛座給他開門，見他久久不動作，疑惑地問：「怎麼了？」

「我穿這樣，會被趕出來吧？」陳謹維皺眉，思考回去換件衣服的可能性。

「怎麼會呢？你不用擔心，這間店的晚餐時段被我包下來了，不會有其他人在。你不用在意其他閒雜人等的目光。」宮帆不以為意。

聽他這麼一說，陳謹維再看向餐廳，果然大部分的客人陸陸續續往外離席，偶爾有上前詢問店員的客人，卻都在被告知什麼後失望地離開。一位店員站在門外，負責通知不知情的客人，本店這時段已被預約。

陳謹維觀察一會，確認宮帆說的是實話，稍微放心。

「走吧。」宮帆向他伸出手，展現紳士風度。

「等裡頭的客人散光了，我們再進去。」陳謹維拉住他的手，目光直盯著餐廳門口，等客人統統散場。

宮帆盯著自己被抓住的手，心裡某處角落莫名其妙被滿足了，他順從地回應：「都聽你的。」

他們等到六點十分左右，陳謹維非常確定餐廳裡頭沒有其他客人了，他才下車，手還牽著宮帆。他知道宮帆喜歡這樣的親暱，對方像是有肌膚飢渴症，只要他們有肢體或肌膚上的接觸，宮帆就會變得特別好說話。

宮帆心花怒放，在他下車站定時，低頭親了親陳謹維的髮梢。

嗯，除了肌膚飢渴症之外，還要再加一項親吻狂魔，宮帆非常喜歡親他，無時無刻，不論場合，只要有機會，絕對會湊上來親一口。

陳謹維被這麼對待一個月，漸漸習慣了他的各種親暱舉動，甚至有了一套應對的辦法。比如此時此刻，他主動牽著宮帆的手，就能讓對方開心得對著他直笑，周身散發出幸福美滿的氛圍。

被他的情緒感染，陳謹維也覺得心情晴朗。

餐廳經理一見他們到來，認出宮帆，立刻出來迎接，幫他們開門，熱烈歡迎：「宮先生，晚安。」

「晚安。這位是我愛的人，姓陳。」宮帆向他介紹身旁的陳謹維，毫不避諱，順帶介紹經理的身分：「這位是我媽那邊的親戚，你可以稱呼他吳叔。」

陳謹維心裡意外，沒想到宮帆會大大方方將自己介紹給熟識的人，而且還是親戚，豈不是等於跟家人出櫃？

他緊張起來，雖然面上不顯，手卻握緊了宮帆。

宮帆覺得他的反應很可愛，笑得更是甜蜜了。

陳謹維戰戰兢兢地向對方打聲招呼：「吳叔，您好。」

「你好。」吳經理不著痕跡地打量陳謹維，受到他一身休閒打扮與天生娃娃臉的誤導，他驚訝地問宮帆：「這位先生滿十八了嗎？」

「滿了滿了，他二十五歲，比我小一歲。」

「看起來真年輕。好好，不多說了，你們年輕人好好享受兩人世界，我給你們帶位。請跟我來。」吳經理爽朗笑著，幫他們領位。

他們來到二樓一處靠落地窗的位置，可以看見外頭餐廳院子的造景花園，淡黃燈光下，映著餐桌上的燭光明亮。

兩人剛坐下沒多久，一位小提琴樂師走來，向他們彎腰行禮，接著開始演奏充滿浪漫情懷的樂曲。

宮帆早已預定好餐點，服務生很快端盤上菜。

陳謹維快速解決掉第一道開胃菜，肚子真的餓了，這時候他沒有別的心思，一心一意只想把肚子填飽。

等到他吃個七、八分飽，才有餘韻注意環境氣氛，和宮帆說說話。

宮帆已經習慣他以食為重，不介意他進食這段時間的冷落。畢竟他光是欣賞陳謹維的吃相，就覺得很滿足了。

「你帶我到親戚開的餐廳，不怕家裡人知道我們的關係？」陳謹維疑惑地問，奇怪宮帆難道沒有顧慮，竟敢肆無忌憚帶他出席。

「不用擔心，我家人不管我這方面的事。再說，劉嬸跟李叔也知道我們的事，他們很早就向我爸媽通報了。」宮帆不以為意。

「什麼?」陳謹維驚訝，他一直以為他們是地下交往，沒想到原來對方父母早就知情。

他嚇了一跳，快速喝了點紅酒壓驚，短短幾秒鐘他竟然流了一把冷汗。再看向宮帆，對方依舊老神在在。

「你怎麼了?」宮帆見他抹了一把汗，有點擔心他。

「我有點意外。」陳謹維回答他。

宮帆聽聞，笑了幾聲，解釋給他聽：「我家人不太管我談戀愛的事，之前沒管過，以後應該也不會管。你不用放在心上。改天介紹你們認識，他們滿開明的。」

「該不會以後家族聚會，你還要帶上我吧?」陳謹維有種不好的預感。

「那是當然的。」宮帆理所當然地回應：「不說這些，我們應該好好享受兩人世界，你覺得餐點口味如何?還滿意嗎?我特地讓主廚量身訂作菜單，都是合你口味的。」

陳謹維停頓幾秒鐘，縱然內心有千言萬語，卻被他接下來一連串的問話給消滅了。他從沒想過這段關係會有多長久，出櫃見父母這種事，對他來說有點……太過了。

然而，宮帆卻很坦蕩。

總覺得自己設下的界線，會被對方輕而易舉地跨越。

「喜歡嗎？」宮帆期待他的回答。

「嗯。很好吃。」陳謹維點點頭，附和他，停頓了一下，總覺得應該給點福利，他抬頭正視宮帆，露出營業式的微笑。

宮帆沒有因此開心，反而皺眉疑惑地問他：「你怎麼了？」

「嗯？」陳謹維依舊保持微笑。

「你不用勉強自己笑，沒關係，我不介意。你原來的樣子就很好了，不用為討好我去做些什麼。」宮帆肌膚飢渴症又發作，很想摸摸他，臉上帶著寬容的微笑，向他伸出手。

陳謹維臉上營業式的微笑慢慢退去，恢復他原本的面無表情。「我這副死板的樣子，你也喜歡？」

「喜歡。」宮帆秒答。

「你愛慘我了。」陳謹維低語，緩慢地將自己的手交了出去，放到宮帆張開的手掌中。

終於牽到手的宮帆滿意了，笑得更開懷，爽朗地承認：「你現在才知道嗎？」

大概是那時候的宮帆太過真誠，讓陳謹維動了心。

回到宮帆家，屋裡雖然開著燈，卻只有他們兩個人。宮帆早有預謀，放劉嬸與李叔一天假。

宮帆太賊了，事先營造出天時地利人和。

陳謹維看穿他的心機，不點破，也不討厭，他也有那個意思。進門沒多久，直白地問：「你先洗，還是我先洗？」

「能一起嗎？」

「不行，我得做點準備。」

「那我們更應該一起洗！」宮帆睜著那雙漂亮的眼睛，說瞎話：「我可以幫你！」

「恕我拒絕。我用主臥的浴室，你去用客廳的浴室。這樣也是一起洗。」陳謹維走進主臥室浴室，快速地將門關好鎖上，免得宮帆賴皮跟進來。

果不其然，宮帆拉了拉門，門鎖了，他試了兩次才放棄。

「去客廳洗！」陳謹維喊了聲。

「喔。」宮帆單聲應道，悻悻然地離開。雖然他有家裡所有房間的鑰匙，但他不敢忤逆陳謹維的意思，怕對方翻臉。

他乖乖走進客廳的浴室，給自己洗了個澡，回到主臥室，穿了一件絲質睡袍，坐在床上，等人出來。

陳謹維花了將近二十分鐘的時間做好事前準備，處理各種難以啟齒的程序。這麼不堪的一面，他才不想被宮帆看見——

儘管對方可能會非常感興趣。

準備完畢，也洗好澡，他擦乾身體，赤身裸體走出浴室。

宮帆坐在床沿等他，絲質睡袍半敞開來，露出白皙卻結實的上身。他見到陳謹維赤裸的模樣，身體很快起了反應。

「久等了。」陳謹維走向他，低頭看見他微微勃起的部位，調侃問：「你該不會一直維持這樣的狀態？」

「別笑我，我是因為你才這樣。」宮帆摟著他的腰，因為被他調笑而紅了臉，但是盯著陳謹維的視線絲毫沒有迴避，期待著接下來的發展。

「我知道，因為我也有點起來了。」陳謹維雙手扶著他的肩，坐到他腿上，緩慢湊向他，和他接吻。

宮帆閉上眼，享受兩人脣舌交纏的親暱，輕輕將人推向大床。柔軟的床墊乘載他們兩人的重量，無聲陷下。他們撫摸著彼此的肌膚，每一寸都熟悉不已，今晚他們要更進一步地探索對方。

「我把裡面都洗好了，你這裡要進到我裡面。」陳謹維摸著待會要進入自己體內的凶器，感受他的形狀。事實上這一個月，他們沒少親親碰碰，他對宮帆的性器模樣已相當熟悉。

宮帆隱忍著，對陳謹維說：「你這樣摸我……會射出來的。」

「不准你射在外面。」陳謹維瞇眼，咬著他的耳朵，惡質地說：「統統都是我的。」太過分了。

宮帆被他這麼挑逗，全身漲紅不說，還激動得溢出一點。儘管他已經刻意忍耐，還是被弄出一些來。

陳謹維利用冒出的體液，當著宮帆的面，將液體抹到自己身上，宣告：「我的。」

宮帆被招惹得受不了，他餓虎撲狼似的壓向陳謹維，亂啃一通後，摸向他身下已經有所準備而變得柔軟的穴口。

陳謹維主動將自己的雙腿抱緊，讓腿開得更開，方便他看仔細些。見對方嚥下一口口水，陳謹維不怕死地搧風點火，向他邀請：「進來吧。」

他抱持著早死早超生，宮帆早點插入早點適應早點結束的想法，自暴自棄地想快點進入正題。他不怕對方亂來，他只擔心對方手法太溫和，不夠痛快。

可惜他的想法沒有傳達給宮帆，畢竟宮帆不是那樣粗暴的性格，相反地他非常細緻且很為伴侶著想，尤其對方是陳謹維，他更加捨不得傷害男人一分一毫。

宮帆看仔細了那個令人垂涎的部位，雙手壓著他的大腿根部，俯身品嘗他柔軟的花朵。

「嗯！」陳謹維沒預料到這樣，他抽了口氣，喊聲：「宮帆！」

他連名帶姓的喊，也不喊他哥了。

「嗯嗯？」宮帆含著那處，含糊回應，舌頭頻頻闖進穴中，舔得溼溼糊糊的。

陳謹維敏感地扭腰，他鬆開握腿的雙手，改抓住宮帆的長頭髮，試圖拉開他的腦袋：「別舔那裡！髒！」

宮帆被他稍稍抓開，他從那處抬起頭，一絲唾液從他口中連結他的穴口，那麼情色又豔麗。

陳謹維羞恥得全身泛起紅嫣，氣急敗壞地阻止他：「你直接進來不就好了！」

「但是我想先品嘗你那裡……你答應讓我舔的……」宮帆有點委屈，翻起舊帳，陳謹維曾經答應過下次讓他舔的，他一直都記得。

「你不覺得髒嗎？」陳謹維口氣無奈。

「不會，你洗得很乾淨。下次讓我幫你清洗吧。」宮帆進而要求。

陳謹維兩相權衡之下，妥協地說：「讓你幫我清洗，但你別舔那裡。」

「成交。但這次由於你自己清洗了，所以我還是想——」宮帆嘻笑，沒打算放過他。

「你！」陳謹維放棄掙扎了，他輸在對方的執念。「隨便你！」

得到對方的應許，宮帆又一次品嘗那處，不厭其煩地催開，沾滿潤滑液的手指也鑽了進去，逗弄著他，找出他喜歡的位置。

陳謹維從一開始的排斥，到最後漸漸習慣，甚至發出隱忍的呻吟與喘息，還出來了一次。光靠舌頭跟手指，他就去了一次！意識到這點的陳謹維手臂擋在自己的臉上，不想面對現實，覺得丟臉。

但他的種種反應，都讓宮帆特別有成就感，弄得差不多，在對方崩潰之前，他也接近忍不住了。

「我可以進去了嗎？」

宮帆將自己的性器抵著那已經很柔軟的位置，不需要太過用力，對方的穴口便貪婪地含住他的尖端。

「好棒。」他忍不住讚嘆一聲，但他還是想聽到對方的應許，又一次詢問：「小維，我可以進去了嗎？」

宮帆拉開他遮掩的手臂，逼他好好看著自己。

陳謹維紅著眼，瞪向滿臉情慾又溫柔的宮帆，對方的長髮落到他胸前，令他搔癢著。他一把抓著他的長髮，往自己的方向一拉，惡狠狠地怒道：「快點進來，你這個混蛋！」

「遵命！」宮帆笑說，腰一挺，鑽進去半截。他一直觀察著小維的臉色，他不著急，後半截緩慢推進，直到完全沒入他體內，下身貼得非常緊。

陳謹維憋著一口氣，沒想到會進到那麼深的位置，那裡本來不是用來接納的，如今卻被宮帆的性器完全頂開。

陳謹維閉著眼，痛得想哭。

「小維，呼吸。」宮帆提醒他呼吸，俯身撬開他的嘴，用親吻逼他記得開口吸氣，不忘安撫他的情緒：「你能感受到我嗎？我正在愛你。」

都怪他太溫柔。

有人能在慾望驅使下，如此溫柔對待自己，真的會讓人想付出一切回報對方。

「啊——」陳謹維鬆口，忍不住呻吟一聲。

他睜開眼，看向宮帆，那張精緻到華麗的臉龐染上屬於他的情慾色彩，讓他很心動，不假思索脫口而出一句：「我喜歡你。」

宮帆靦腆地笑了，親了親陳謹維的臉頰，竟然沒有什麼激動的表情。

陳謹維意外，疑惑地偏頭看他。

只見宮帆露出笑說：「這種話我要聽你在事後說。」

「為什麼？」

「男人在床上的情話不可信。你不能在這個時候哄我，我不會上當的。」宮帆解釋，親吻他頸部。

「你真是太難討好了。」陳謹維嘆息。

宮帆反駁他：「你錯了，我很好討好的，特別是你。」

但前提是要真心且好好的表明。

他們中斷一段時間，等著陳謹維適應。

陳謹維適應得差不多便動了動身體，有個東西梗在他那裡不上不下的，感覺很奇怪。

「你還做不做？」他問。

「做！」

宮帆小幅度地動腰，再次引來陳謹維的呻吟。

這感覺真是太奇妙，絕對不算舒服。陳謹維感受著他，感覺自己裡面被撐得好大，他努力適應擴張的疼痛。

陳謹維的第一次，宮帆斟酌著，不想做得太過，能夠像這樣結合在一起，他已經感到很甜蜜。

他所有動作、所有舉止都溫柔得讓陳謹維想哭，就連好不容易進入他體內，對方也極度緩慢地律動。

「嗯……嗯嗯……」陳謹維隨著他頂入的動作發出小聲的悲鳴。

太纏人、太煎熬了，宮帆的性器宛如一把鈍刃磨著他的內壁，他提著一口氣，喘不上來，這樣慢慢熬著。

「不要……這樣動……」陳謹維寧願宮帆狂風暴雨般快速解決。偏偏宮帆還想兼顧他的感受，非要讓他舒服不可。

「你……你快一點……」陳謹維催促他。

「不行，你第一次……我不想傷害你。」宮帆找著他身體的敏感點，他明白陳謹維並不舒服。

「啊啊！」陳謹維一個激靈，沒搞清楚怎麼一回事，好像突然不那麼疼了，隱約感覺到一股突兀的奇異爽感。

「就是這裡。」宮帆笑說，磨了好半天，終於被他找到了。

他不急著衝撞，而是用更緩慢的速度蹭著那處，感受他身體明顯的變化。陳謹維被宮帆的溫柔勁給逼哭，生理性的眼淚流個不停，前方也流出透明的液體，他能感受到自己的身體正在對他開放。

宮帆見時機成熟，退到最外，但沒完全出去，讓穴口依舊含著自己的前端，緊接著一個猛烈頂入。

「等等──啊！」陳謹維反應不及，一聲不受控制的嬌吟，達到高潮。

太過強烈與意想不到的快感，讓他驚愕片刻，神情呆滯，許久回不過神來。

宮帆見他高潮了，沒有繼續埋在他體內，而是退出。自己用手摩擦幾下，盡數釋放在陳謹維身上。

宮帆倒在陳謹維懷裡，雙手環抱著他，和他黏黏膩膩，不想分離。

認真說，第一次結合，他心靈上的滿足大於生理上的快感，雖然差強人意，但宮帆很滿意，好像內心某個角落被填平、填滿。

陳謹維高潮過後，腦袋十分混亂，精神恍惚。他很想推開身上的黏皮糖，無奈他力量不敵。

他們赤身裸體緊貼在一起，身體黏乎乎的，分不清是誰的體液。

在這麼暈眩的氣氛下，陳謹維也說不出什麼硬氣的話，或要壓在身上結實沉重的宮帆滾開。

他們應該說點什麼溫存一下，享受性事過後的餘韻。

宮帆慵懶地凝望著陳謹維，眼神中凝聚著千言萬語，無聲勝有聲。

陳謹維回視他的目光，他總覺得自己好像忘了某件很重要的事，但他實在想不起來。

第五章

隔天一早，劉嬸與李叔回工作崗位。

陳謹維被食物的香氣喚醒，睜眼先暈一陣子，接著感受到沉重的重量，壓在自己腰際。他低頭一看，是宮帆的一隻手臂環著自己。

「我餓了。」陳謹維出手推動枕邊人，但他使不上力氣，微弱地搖兩下，根本動不了他。他放棄搖醒對方，乾脆捏著人的鼻子，逼人清醒。

宮帆呼吸不到，瞬間醒過來。

「我要餓死了。」陳謹維虛弱地說話。

像是魔咒的一句話，讓宮帆頓時驚醒，徹徹底底活過來。

他起身下床，剛要走出去，猛地想到忘了什麼，又折回來，俯身親一口陳謹維的臉頰，道聲：「早安，親愛的小維，我的維他命。我馬上去拿早餐進來，你等我。」

「嗯。」陳謹維答應，無力地揮揮手。

宮帆穿上睡袍往外走，打開房門，做好的早餐已經放置在門邊的小桌上，等主人端到裡頭享用。

他端起托盤，劉嬸中式與西式的早餐各準備了兩份，中式的有魚片粥、燙青菜、涼拌鳳爪與一壺烏龍茶，西式的有乾煎培根、溏心蛋、小黃瓜、熟芹菜、全麥吐司與一杯咖啡。

宮帆將床上的小桌子架起，食物都擺到陳謹維面前，任他挑選。陳謹維為了食物奮力坐起身，盯著豐盛早餐發呆。

「今天你想吃什麼？」宮帆坐入他身旁，單手環上陳謹維的腰，將他擁在懷裡，貼著他耳朵說話。

「粥。」陳謹維是被粥的香氣喚醒的，所以他選擇喝粥，但是腦袋迷迷糊糊的，伸手撲了幾次都沒抓到湯匙。

「我餵你吃。」宮帆興致勃勃地執起湯匙，餵到他嘴裡。

陳謹維開口，終於喝到魚片粥，每一口都吃得到煮得軟糯的白米跟細細碎碎的魚肉片，還有配菜薑絲跟青蔥。他沒怎麼咀嚼就吞下，連喝幾口後，他整個人終於活了過來。

「我自己喝吧。」陳謹維也不用宮帆服務，想接手自己喝。

「讓我餵完。」宮帆拿開湯匙，不讓他搶走，他堅持餵食，親了親陳謹維的嘴角，舔去他嘴邊沒吃好的食物殘渣。

陳謹維閉上眼睛，整個人散發出懶散的氣息，應許他：「隨便你吧。」

宮帆開心地一口一口餵著，滿足他個人的私欲，從他的角度看陳謹維咀嚼的模樣，特別可愛。

陳謹維嚥下半碗魚片粥，很快膩了，宮帆又把自己的那份煎蛋分一半給他，等他吃飽饜足，才輪到宮帆吃食。

陳謹維吃飽後，也不急著起床，就靠在宮帆身上，看他吃飯。

清空碗盤，他們才起床梳洗，宮帆臥室內設的浴室夠寬敞，兩個大男人待在裡頭也不擁擠。宮帆恨不得連牙都幫陳謹維刷了，被陳謹維果斷拒絕。

他們並肩站在盥洗臺前刷牙洗臉，陳謹維盯著鏡子中兩人的倒影，兩人穿著同款式的絲質睡衣，一高一低、一個瘦卻結實有肉一個纖細如少年，一個精緻漂亮一個萬年娃娃臉，站在一起竟然沒有違和感，還算相配順眼。

低頭吐泡沫的時候，陳謹維心想：怎麼可能相配，他視力大概出問題了。

他們起得早，吃飽飯刷牙洗臉後，時間不到七點半，距離九點的上班時間，還有一個多小時。宮帆換上運動衣，拉著人，到家裡的健身房運動。

陳謹維興致不高，隨意且散漫地使用器材，甚至會完全坐在器材上，什麼也不做，只看宮帆運動。特別感慨，宮帆那身肌肉就是這樣練成的，他無論如何都做不來，光看他流汗，自己也喘了。

早上八點，兩人又一起進浴室洗澡。

陳謹維背對著宮帆，半彎著腰脫掉睡褲跟底褲。

運動後的宮帆特別容易興奮。

陳謹維的裸體纖瘦，由於彎身而突起一節一節的脊椎骨，屁股略顯扁平，這不是他見過最性感肉慾的軀體，卻是最能撩動他的一個。光是視覺刺激他的性器就已經勃起，他脫去身上衣物，同樣赤身裸體，靠近陳謹維。

陳謹維身體一僵，察覺到身後宮帆硬挺的性器抵著自己的後臀。他轉頭瞪了宮帆一眼。

宮帆露出燦爛微笑，低頭湊向他，和他接吻。

以舌逗弄著他的口腔，劃過內壁，舔上他的上顎。

陳謹維本來沒有那個意思，吻著吻著，跟著情動起來，有把火從口腔鑽進腹部，他那處也有點硬了。

宮帆摟著陳謹維的腰，將自己硬得不行的性器鑽進他腿縫間。

「腿交啊？」陳謹維鬆開親吻，伸手摸摸夾在自己腿間的性物，他只摸到前端，都已經興奮的溼了，正巧頂著他的囊袋。

「嗯……可以嗎？」宮帆詢問。他行為很矛盾，介於流氓與紳士之間，是他鑽進陳謹維腿間，但他不忘關心對方的意願。

「需要我夾緊一點嗎？」陳謹維反問，意思是他同意了。

「不用。我就這樣蹭，你這裡也會很舒服吧？」宮帆擺動腰，刻意摩擦陳謹維的陰囊與會陰，稍微放肆點的嘗試猛烈抽插。他作夢都想這樣幹陳謹維，只是他捨不得弄傷對方。

「哈？你……別那麼──」陳謹維想抗議，奇怪，明明沒進到身體裡，他卻覺得異常性奮，雙腿無力到站都站不住的地步。他身體一軟，差點跪地。

幸好宮帆抱著他，偏偏對方也是作惡的那位。

他無力地靠著對方，放棄掙扎，用自己也沒察覺到的撒嬌語氣，要求對方：「輕點。」

宮帆動作一滯，竟然洩了出來。

陳謹維終於能鬆口氣，但他知道這不算完事，他撐起身體，任由宮帆對自己親親碰碰，表達愛意。

「你剛跟我撒嬌了呢！」

「啊？沒有吧？」

「有的。」宮帆高興，忍不住表現親暱，連續親親攻擊。

「你想多了吧？」陳謹維否認到底，他不是會撒嬌的人。

「反正你對我撒嬌了。」宮帆堅定地認為。雙手抹上沐浴乳，用器具揉出綿密的泡沫，雙膝跪地為他清洗。

陳謹維低頭看著半跪在自己身前，幫他的雙腳打上泡沫的宮帆，感覺挺奇妙的，好像自己委屈對方了，但偏偏這是宮帆的興趣之一。

「你跪著膝蓋痛不痛？」陳謹維每次見他跪在自己面前，總會忍不住問上一次。

「沒事。」宮帆回應，仰頭衝他咧嘴笑，幫他洗乾淨雙腿，在腿根部處親一口才算完事。洗完澡，還有衣服得換上。

陳謹維在宮帆面前總被當作玩偶般看待，他連穿衣都想搶著做。如果時間充足，陳謹維會隨他，但現在時間已經是八點十分，沒有調情的餘裕。

他拒絕了宮帆，自己動手將衣服穿上。他在宮帆家的所有換洗衣服，全是宮帆命李叔另外購置，連上班所需的正裝都派人為他量身訂作，兩人的衣服都是一套一套的情侶裝。

他待在宮帆身邊，真真正正是吃好穿好睡好，什麼都不愁，隨時有人服務，比正牌少爺還要少爺。

李叔見他們一前一後走出，和他們打聲招呼後，前去玄關處，為兩人擺好鞋，送他們離開。

陳謹維走在前頭，跟李叔道謝後，彎腰先換好鞋，站在一旁等宮帆穿鞋。

沒幫陳謹維換上外出服，宮帆覺得自己少了一項福利，正鬧著彆扭皺眉，表情不太晴朗，穿鞋時還在沉浸在小情緒之中。

陳謹維一時鬼迷心竅，雙手搭在他肩膀上，等人疑惑地抬頭看向自己時，彎下腰，在宮帆嘴上輕輕一親——非常短暫的吻。

宮帆臉上滿是驚喜，一掃陰霾。

「怎麼了？怎麼了？」宮帆意外，連聲問道。

他萬萬沒有預料到，小維會突然向他示好，也不管鞋有沒有穿好，趕緊站直身，黏著陳謹維，直說：「怎麼突然對我這麼好？」

「沒什麼。想做就做了。」陳謹維其實有點懊惱，他衝動之下就親了，沒想太多，等到對方退開，才想起李叔還站在一旁看著。他迴避視線，不敢看向李叔的方向。

雖然早聽宮帆提過劉嬸與李叔知道他們在一起的事，但是當著老人家的面親親熱熱，又是另外一回事。

無奈宮帆要黏著他，他尷尬地抬頭，偷看李叔一眼。

李叔一臉慈祥和藹地望著他們，沒有任何排斥或厭惡的意思。他一路送他們到大門外，幫他們打開柵欄大門，不忘喊道：「少爺慢走，小維慢走，行車小心，注意安全。」

陳謹維坐在車內的副駕駛座上，雙手手掌遮著臉，越想越覺得丟臉，正自我厭惡中。

「差點忘了，劉嬸給你切的水果。」宮帆將保鮮盒遞給陳謹維。

陳謹維接下保鮮盒，憤恨地吃起水果。

八點四十分抵達陳謹維的公司時，林茂軒和徐映齊正在吃早餐，見他們一來，就跟他們打招呼。

待兩人走近，林茂軒瞇眼上下打量了一下他們。

「做了。」林茂軒非常篤定的口吻。

「你怎麼知道！」宮帆笑開花，也不避諱。

陳謹維不意外被林茂軒發現，學長眼睛利得很，看人特別準又很敏銳，基本上沒什麼事能瞞得住他那雙火眼金睛。

「恭喜啊。不容易、不容易。」徐映齊站起身，向宮帆伸手，又一次像是對新人一樣的道賀。

「你怎麼還在這裡？遲到扣你工資。」宮帆疑惑地問。

「我在等你來載我去上班，跟上司一起到公司是不能扣工資的。」徐映齊早有盤算。

陳謹維將手裡的保鮮盒放到桌上，把沒吃完的水果分他們吃，他放下公事包，開始整理自己的物品，準備開始工作，不陪他們笑鬧。

「我說宮六，你是刻意要趁他出國前定下嗎？」徐映齊打趣說道。

宮帆聽聞，疑惑於他的說詞，問道：「出國前？什麼意思？」

「嗯？」徐映齊被問得一愣。

林茂軒發出要糟的語助詞，他轉頭望向陳謹維，對已經坐定開始工作的人喊話：「小陳，你沒跟他說出差的事嗎？」

那頭的陳謹維動作一頓，身體僵住了。

啊啊，原來這就是他一直沒想起來的事。

他花一個眨眼的時間，調整好情緒，僵硬地轉向三人，視線停在宮帆身上，對方用疑惑且不理解的神情回望，緊接著往他的方向起身。

來了來了，陳謹維待在位置上，眼看著他氣勢洶洶向自己走來。

「你要出差怎麼沒通知我？」宮帆問，一雙美目瞪來，即便是怒顏，也如畫一般好看。

「忘了。」

「你要出去多久？」他接著問。

「最快兩個星期，慢的話可能得以月計算。」陳謹維如實以告。

「你要離開這麼久！你竟然一句話都沒跟我提過。」宮帆氣得紅了眼。

陳謹維怕他哭，出於內疚，無意識地站起身，好好面對宮帆。

「而且在我們剛發生關係的時候……你怎麼可以這樣對我？」宮帆質問他，見陳謹維默不作聲，立刻催促對方道：「你倒是說點什麼。」

陳謹維莫名緊張，又衝動了，他脫口而出：「吵什麼，你跟我一起去不就得了？」

宮帆瞪大眼睛，不敢置信幾秒，等消化完他的話，表情才漸漸恢復正常，靦腆地回應他：「喔。我知道了。」

「嗯？嗯嗯？你知道什麼？什麼意思？」身為宮帆助理的徐映齊激動地連問，不得不冒出來，插入這對情侶的對話之中。

宮帆回頭，對徐映齊笑說：「徐，把我時間空出來，我要跟小維出差。」

「就算你對我笑得陽光燦爛，時間也不是說空就能空出來……」徐映齊一臉為難。

「只要有心，總會有辦法。你什麼時候飛？」宮帆自信地說，轉頭問陳謹維起飛時間。

「明天的班機。」

「搭我家的飛機吧？」

「不要，票都買好了。」陳謹維拒絕。

「那我要跟你同時飛！」宮帆要求。

「我問問看還有沒有位置。」

徐映齊聽著他們一來一往對話，雙手一擺，感到非常荒唐，對宮帆喊：「喂！聽到我說的話嗎？你哪來的時間？」

「唉，雖然很想再多待一會，但是我的助理好像快爆炸了。我得趕緊工作，擠出時間來，等我。」宮帆俯身，按照慣例親了口陳謹維的臉頰，戀戀不捨地離開。

徐映齊被宮帆一塊帶走，氣得臉紅脖子粗，據理力爭：「你真的要飛出去啊？雖說最近是沒那麼忙，但也不代表沒工作，你飛走了，我怎麼辦？我先聲明我搞不定那些大老們！別把我丟給那群豺狼虎豹！」

「沒事，你不用太緊張，大不了我找個國外的專案，就能藉由執行公務之名，行出國之實。」宮帆輕鬆說道。

「你真要為愛走天涯啊……」徐映齊見他鐵了心，絕望地呢喃。

「今天要加班了，得把時間排出來。」宮帆拍拍他的肩膀，相當看好他的工作能力。

徐映齊翻了一個大白眼，認命了。

宮帆與徐映齊離開沒多久，林茂軒收拾完桌面，對坐回原位的陳謹維說：「你也挺不容易的。」

「還好。」陳謹維反駁，沒有停下手邊的動作，回覆一封客戶的郵件。

林茂軒接著道：「剛才你慌了手腳，對吧？」

陳謹維動作一滯，抬頭，用不帶任何情感的眼神望向林茂軒，向他求饒：「學長，你就別挖苦我了。」

「我原本以為會無條件讓步的是宮六，看來你也被改變了不少。看你們這樣，實在很有趣。」林茂軒笑。

陳謹維低下頭，看向他自己的電腦螢幕，正經地說：「如果沒別的事，我要繼續工作了。」

「你忙吧。」林茂軒揮手，放過他。

他離開陳謹維辦公的位置，進自己的辦公室開始一天的工作。

陳謹維在人走遠後，才不動聲色地長吁口氣。

剛放鬆，他手機震了一下，他看向螢幕顯示，是宮帆傳來的訊息：

『中午沒辦法一起吃飯了，我會想你的。』

又發了一個可憐的哭泣表情圖過來。

陳謹維看了，決定無視。

他繼續工作，兩個小時後，意外發現宮帆除了最開始的那條訊息，之後無聲無息，以往總會連發好幾條訊息的人，難得的安靜。可見，宮帆是真的忙著在為排開時間而努力工作。

思及此，陳謹維嘴角忍不住微微上揚，突然想獎勵他，回覆他：

『加油。我等你。』

剛放下手機，鈴聲作響，宮帆來電。

陳謹維眉一皺，滑開通話，接起電話。

「寶貝，我會努力的，你願意等我，我好開心！你現在在休息嗎？」宮帆激動，一串話連環道出。

「嗯。」

「你中午吃什麼？訂飯了嗎？」

「叫了便當。」陳謹維邊回答他，邊打開瓶裝水，大口大口灌。時間是中午十一點五十分，等外賣的便當送到，他就可以午休了。

「只吃便當？夠不夠吃，要不我請李叔送份家裡的熱湯過去？」宮帆緊張地問，深怕他沒吃好。

「不用，不要麻煩他們。我吃得飽。我工作處理得差不多了，下午可以提早走，等下班了，我過去找你。」陳謹維怕他固執要李叔送湯過來，輕巧地改變話題，轉移他的注意力。

「真的嗎！我派車去接你！」宮帆立刻說，心花怒放。

就算隔著手機，陳謹維都能想像對方現在開心的模樣，心情像被感染一樣，跟著柔軟起來。不想再拒絕對方，順著他：「我下班後通知你。」

宮帆應聲好，那頭聽見徐映齊喊他，他隨口應答一聲，又回來依依不捨地向陳謹維道：「我得去開會了。你好好吃飯，我先掛了。」

「嗯。」陳謹維回應，等了幾秒鐘。

說要先掛的人遲遲沒結束通話，陳謹維猜他捨不得掛，他無聲嘆口氣，說了句：「外送來了，我去吃飯。你也要記得吃飯。」

語畢，怕宮帆多說話，他結束通話。

他沒說謊，外送確實來到了，站在門口跟裡頭的人打招呼。他放下手機，起身簽收付款，將剛才的事拋諸腦後。

宮帆被陳謹維貼心提醒記得吃飯，整個人像是泡在蜜罐子裡，對著手機傻笑個不停。

徐映齊在會議室準備就緒，等老半天沒見宮帆的人影，氣急敗壞地出來抓人開會。他很快找到對著手機傻笑的宮帆，本來想罵人，見他這樣，話都縮回去了。

「你千萬別頂著這副表情去開會！會完蛋的！」徐映齊緊張地說道。他怕那些大老們見宮六這副蠢樣，會得寸進尺，什麼條件都敢開出來。

宮帆表情一整，恢復正常，鼻子哼氣，不屑說：「你當我好欺負？誰敢讓我宮帆完蛋。」

「你剛剛看起來，好像隨時要完蛋。」徐映齊吐槽。

「只有小維有辦法。」宮帆立刻改口，又露出特別幸福的傻笑，炫耀說道：「他剛提醒我吃飯！你別忘了我的午餐，今天心情好，隨便你訂餐，算我的。」

徐映齊腦海浮現各種食物，最後統統打散，面對現實。

「這不重要，祕書已經訂好餐。再說等我們開完會，有空吃飯都已經兩、三點，早可以喝下午茶了。要不是你硬要擠出時間，大夥也不用這麼趕。快跟我走！大家都在等你！」徐映齊催促，提醒分秒必爭，不容許他再拖延時間。

下午五點，陳謹維處理完所有事務，和林茂軒打聲招呼，準備下班。他給宮帆打電話，接聽的人卻是徐映齊。

「小陳？你下班啦。」徐映齊道。

「嗯，剛下班。」

「宮六還在忙，他通知我要派車去接你，司機大約二十分鐘會到。」徐映齊記得宮帆的吩咐，邊和陳謹維對話，邊走到外頭讓祕書跟司機聯繫，到林茂軒的公司接人。

陳謹維沒來得及拒絕，對方已經叫好車了。

好，他隨意。陳謹維原本要走出公司了，又折了回來，隨便找個靠門的位置坐下，拿出口袋裡藏的糖果，拆封吃起。

「怎麼回來了？」林茂軒倒水時，發現他還待在公司，走過來和他聊兩句。

「宮帆要派車來接我，我在等車。」

「他真黏你。意外。」林茂軒輕笑，喝了口茶。

陳謹維點頭，認同他的說法：「確實很黏。我聽他說過以前的事，大概是矯枉過正了。」

「沒錯。太黏也不好，宮六這人就是很容易極端。你要是受不了，記得跟他反應，讓他改正過來。」林茂軒太瞭解自己好友的德性，好言相勸。

陳謹維想了一下，竟然沒覺得哪裡不好或是受不了，直到目前為止，他適應得很好，沒覺得有哪裡需要改正。

但他又想，自己從來沒跟人正經交往過，不由得向林茂軒虛心求教：「學長，一天之中，如果可以的話，你希望花多久的時間和徐先生待在一起？」

畢竟對方追求了徐映齊十多年，如今好不容易走到一塊，目前穩定交往中。他應該會比較清楚交往期間該保持的距離與尺度。

「當然是恨不得能二十四小時待在一起。」林茂軒秒答。

完全沒有參考價值。陳謹維一臉冷漠。

想到徐映齊，林茂軒笑得幸福，拿出手機想跟對方通個話，可惜電話被轉接到語音信箱了。

「該死的宮六竟然讓徐忙到沒辦法接我的電話！」林茂軒氣得咬牙切齒。

陳謹維依舊冷漠臉，不想告訴對方自己才剛跟徐映齊通話。

二十四小時待在一起嗎？

仔細回想，他們的假日就是這樣度過，一整天待在一起。平時除了工作，幾乎都待在同一個空間。

他有聽說剛開始交往的蜜月期會這樣，他以為自己不是那種會跟人有蜜月期的性格，實際上真真正正發生了，而他渾然不覺。

可怕。

待在宮帆身邊日子過得太好了，住在好的房子，開著名車，每天會有兩份不同樣式的早餐供他挑選，家事有人處理，上班有人接送，吃好睡好，還有人暖床。

他過著名副其實飯來張口，茶來伸手的好日子，導致他捨不得離開對方，和對方二十四小時待在一起也不覺得煩人膩味。

不知不覺中，他們融入彼此的生活，他居然一點都沒有意識到。

陳謹維思考中斷，因為司機到了。他接到通知電話後，再一次和林茂軒道別，起身往外走。

搭上宮氏的公務車，他繼續自我反省。

連這樣有專車接送，似乎也變得理所當然。

可怕。

司機將陳謹維送到宮氏大樓，陳謹維向他道謝，禮貌性地目送對方離開。接著進宮氏大樓，櫃檯門面起身向他打聲招呼，他回應招呼，走向電梯間。

他有宮帆的磁卡，能搭乘專用電梯直接抵達樓層。

到達樓層，他直接往宮帆的辦公室走去，除了外頭的祕書以外，宮帆與徐映齊都不在裡頭。祕書告訴他，兩人在會議室開會，這是今天第四場臨時會議了。

祕書請他到辦公室裡頭等候，陳謹維拒絕了，他已經不再是宮帆的助理，最好還是避嫌，免得落人話柄。他乖乖待在會客室，等人結束會議，等待時他拿出了筆記型電腦，玩著小遊戲。

下午五點四十分，宮帆終於結束會議，一回辦公室，便聽見祕書通報陳謹維已經在公司了。他風風火火地快步走到會客室，不出意外看見玩著小遊戲的陳謹維，他大步向前，蹲下身，用力抱住陳謹維。

「親愛的，我的維他命！我好想你！我的維他命嚴重不足！快幫我補補！」宮帆用力擁抱，用力以臉磨蹭陳謹維的臉，滿足他的肌膚飢渴症，補充維他命。

「維他命？嘖，噁心。我去拿晚餐，你今天說任我選的，不能反悔。」徐映齊隨後跟上，聽到他的話，反感得大翻白眼。

「去去，別打擾我們兩人世界。記得訂我們的那份！」宮帆驅趕他。

「沒問題。」徐映齊答應，順手幫他們關上會客室的門。

陳謹維任由他蹂躪自己的臉頰，抬手拍拍他的背，安撫他：「辛苦了，辛苦了。」

「那些吸血蟲壓榨我！」宮帆帶有撒嬌性質的抱怨。

「你可以壓榨回去。」

「沒錯！我把工作吩咐下去了！啪啪啪一個個打臉，打得我手都痛了！欠調教！老虎不發威，當我是病貓！我可是宮家的人！敢整我，門都沒有！」宮帆一臉得意，看著還有點小驕傲。

陳謹維覺得好笑，輕笑幾聲。

宮帆一聽見他笑，趕緊放開他，稍稍退開，觀察他的臉，可惜沒看到笑容，還是固定的一號表情，心裡有點遺憾。

沒關係，總有一天他會看到小維露出真心的笑容。宮帆不氣餒，湊向他，親親他的鼻尖跟嘴角。

陳謹維當他親吻狂魔發作，任由他親，但他肚子煞風景地咕嚕作響，他低下頭，看向自己扁平的肚子。

「我肚子餓了。」他說。

「先吃點餅乾，充充飢。」宮帆立刻從西裝口袋掏出一塊餅乾，遞給陳謹維。

打從知道陳謹維低血壓又容易餓，他的西裝口袋永遠都會放一塊小包裝的餅乾，以備不時之需。

比如現在就派上用場了。

陳謹維接過餅乾，拆開來吃，邊吃邊說：「其實我來之前，吃過一顆糖，但是沒用，又餓了。」

「我去問徐，晚餐什麼時候才會到。要很久的話，我就帶你出去吃飯。」宮帆起身，要往外走。

陳謹維拉住他，阻止道：「不用了，應該還能再撐一會。對了，我給你訂好了機票，一樣現場劃位。明天五點的飛機，我們一起出發……你來得及嗎？」

「來得及，再開兩個會，就交代得差不多。」宮帆自信滿滿。

陳謹維同情宮帆的屬下，並果斷決定無視。

隔了十五分鐘左右，徐映齊捧著一大盤披薩與三份副餐進來，吆喝著開飯了，將東西擺到桌上。

「結果你居然選擇垃圾食物。」宮帆不敢置信，起身幫忙處理披薩與副餐，先弄一盤給陳謹維吃。

「嗯？不然你期待是……」徐映齊反問他。

「至少得是日式壽司盤的等級！忙了一整天，你居然只想吃垃圾食物，明明可以報公帳的。不覺得不划算嗎？」宮帆不太能理解，有便宜不占，他的朋友真是太古怪了。

「忙了一整天當然是要吃垃圾食物！這樣才會開心！」徐映齊反駁，不覺得自己哪裡吃虧。壓力大就容易想吃垃圾食物來補償自己，這難道不是人類的本性嗎？他才不能理解宮帆。

陳謹維默默點頭，非常認同徐映齊的看法，抓起披薩大口吃下。

「好吃嗎？」宮帆見他終於能夠進食，開心地問，欣賞他咀嚼的可愛模樣，心裡特別柔軟。

「嗯，喜歡披薩。」陳謹維邊吃邊回答他。

宮帆伸手抹去沾到他嘴角的番茄醬，手指含入自己口中，毫不介意衛生問題。他也拿了一塊披薩，坐到陳謹維身旁的位置，一起大快朵頤。

徐映齊出去一趟，將筆電帶進會客室，在宮帆旁邊坐下，一手拿著披薩，一手控制滑鼠點開文檔，跟宮帆繼續討論正事。儘管他不想打擾上司兼好友的兩人世界，但他們現在分秒必爭，得抓緊時間好好利用。

宮帆與徐映齊討論公事，陳謹維坐在一旁安靜聽著，以前他接觸過徐映齊的業務，對他們的談話內容大半都聽得懂，有些專案至今沒有結案，有些正在進行中，順利跟不順利的都有。

徐映齊用電腦抓進度，確認後續的細節。事實上，一個公司的負責人不在一兩天，並不會造成營業上無法運轉的問題，但總不能連續幾個星期人都不在，重要事件的決策還是得由負責人下判斷。

宮帆雖是宮氏的接班人，但目前還算不上是宮氏的負責人。他爹才是握有生殺大權的人，不過宮帆身分特殊，且部分專案已經將權力完全下放給他，他還是得好好管理。

陳謹維被冷落多時，吃完了兩大塊披薩，伴隨著耳邊談論公事的聲音，因為是與自己無關緊要的話題，他開始昏昏欲睡。

他與宮帆靠得很近，因此他下意識地向宮帆靠近，直到將腦袋擱在宮帆肩膀上，總覺得找到了一個很好的位置，就無聲地吁口氣。

宮帆任由他靠著自己，繼續與徐映齊交談。

兩人維持這樣的姿勢一會兒，當時的陳謹維就快睡著了，思緒也不運轉，直到他感受到一股視線，抬頭一看，對上徐映齊驚訝的表情。

他猛地清醒過來，意識到自己失態了。

風騷總裁強勢包養

第六章

陳謹維在意識到的瞬間挺起身，與宮帆拉開距離。他眼神中閃過一絲慌亂與懊悔，後悔自己習慣成自然，居然不自覺地往對方身上靠。

他在不知不覺中依賴對方、會向對方撒嬌了。

陳謹維尷尬閃避徐映齊詫異的視線，臉丟大了，耳根迅速竄紅。

善解人意的徐映齊在驚訝過後，終於反應過來，他嚥下口水，輕咳，體貼地回到正題，和宮帆繼續談公事：「所以，你看能不能盡量一個星期回來一次？」

宮帆沒回答徐映齊的問話，而是察覺到肩上的異常，疑惑地轉頭看向陳謹維，詢問一聲：「是不是累了？」

「還好。」陳謹維回應，調整情緒後，才又抬頭，好好回答他：「大概是吃太快了，所以有點睏。」

「但是剛吃飽不適合睡，要不我陪你走走，消消食？」宮帆問，沒問過徐映齊的意見，就想拋下工作，陪人飯後散步。

陳謹維小幅度搖頭，低聲拒絕：「不了，你還要工作。」

「我還能休息幾分鐘？」宮帆問徐映齊。

徐映齊深呼吸口氣，儘管時間分秒必爭，但他看看手錶，還是為宮帆擠出一點時間，回答他：「給你十五分鐘。一定要準時回來。」

「沒問題。」宮帆自信笑，對陳謹維道：「我們走吧。」

「去哪？」

陳謹維疑惑地問，身體沒動，卻被宮帆拉起身，一步一步往門外走，他沒有抽回自己的手，而是配合地向前。

「隨便晃晃。想去哪就去哪。」宮帆牽著他的手，態度很隨意，反正只要能跟他在一起，去哪都無所謂。

陳謹維被他牽著走，突然覺得輕鬆許多，離開這個地方也好，他剛才失態了，還不知道要怎麼面對徐映齊。

「你不用在意徐會怎麼想，不需要放在心上。」宮帆剛走出會客室，便對陳謹維說道。他說話時沒回頭，依舊走在前頭，語氣愉快上揚。

「你知道……」陳謹維沒想到宮帆會知道他在煩惱什麼，太意外了，他走得稍微慢了點。

宮帆注意到他的停頓，配合地放緩腳步，對他說：「我當然知道，我一直在注意你。徐不是會嚼舌根的人，而且別忘了他自己也有同性愛人。告訴我，你在害怕什麼？」

陳謹維無意識地握緊了宮帆的手，儘管只有瞬間，但宮帆察覺到了。這是人在緊張時會有的表現，宮帆意識到陳謹維在緊張，但他沒點破他微妙的動作所傳達的心理狀態。

宮帆等著他的回答。

陳謹維抿嘴，倔強地不肯說。

宮帆毫無原則地退讓，雖然他很想知道為什麼陳謹維偶爾會退縮，甚至會避諱在人前表現親暱。

他的目標是兩個人能隨時隨地、二十四小時膩在一起，做更多更多情侶之間會做的事。想放閃，想秀恩愛，想向所有人宣告他們正在熱戀。

可他還沒突破小維的心防，只能慢慢來。

「以後再告訴我也可以。」宮帆笑著讓步。

陳謹維默默點頭，選擇不說什麼。

他沒辦法告訴宮帆，他害怕自己失控，他可能比自己想像的更投入這段感情。

原本以為跟宮帆交往，大概和以往與金主相處的模式差不多，沒想到宮帆對他太好，導致他自然而然地養成依賴對方的習慣，把時時刻刻會來的親吻與碰觸，都當作是理所當然。

像現在，他們手牽手在宮氏的辦公大樓四處晃，經過一個個部門，遇到那麼多人，他也沒想過避嫌抽手。

他好像有點太喜歡宮帆了。

陳謹維看向宮帆，在他選擇沉默之後，對方仍舊保持好心情，繼續牽著他往前走，不介意他的不坦白。他又發覺對方一個優點了，既高富帥兼白富美，又多了一個高情商。

這人實在厲害，越是跟他接觸，越能挖掘到更多的長處，不僅僅在於財富。

宮帆到底為什麼會喜歡上自己？

謎。

「哥。」陳謹維停下腳步，稍稍用力拉住他。

「嗯？」宮帆轉身，嘴角還帶著上揚的角度，疑惑地望向他。他注意到他們停在一間男廁門前，問：「要進洗手間嗎？」

陳謹維點頭，眼神直盯著他。

宮帆不疑有他，雖然隱約察覺到小維的目光有些熱切，但他沒多想，單純以為他只是要解決生理問題——

直到他被陳謹維推進廁所單間，傻愣愣地看著他轉身俐落關上門鎖。

有預感即將發生什麼的宮帆，忍不住心跳加速，小心翼翼地問：「小維？」

原來是要解決另一方面的生理問題。

「你想站著還是坐著？」陳謹維反問他。

「其實我辦公室有床，不用這麼委屈的……」宮帆矜持了一下，雖說在這種場合做那種事是每個男人的夢想。

陳謹維伸手摸宮帆所穿的襯衫扣子，欲解不解，嘴上反駁：「但我想要。」

非常好。

宮帆嚥下一口口水，可能比陳謹維更迫不及待。他雙手環上陳謹維的腰，低頭湊向他，想要接吻，卻被躲開。

「別動，少做多餘的事。」陳謹維瞪他一眼。

宮帆被唸了一頓，求吻不成，不但沒有失望，反而加深了期待。小維會這麼說，就表示他要掌控主動權，他既期盼又隱約緊張，因為對方小惡魔般的性格，很會折磨人。

「需要我做些什麼？」宮帆聽話地雙手放開他，但低頭抵著他的額頭，輕聲呢喃，難道要他什麼都不做？

「你站好，其他的我來就好。」陳謹維仰頭，主動親他一口，沒有與之糾纏。他雙手摸上宮帆的胸膛，緩慢往下探索，彎膝準備跪下。

就在陳謹維膝蓋準備著地時，宮帆拉住他的手臂，一提，輕易帶起他，讓他重新站穩，不讓他真的跪下。

「別跪，這裡是廁所，不乾淨。」宮帆不同意，尤其不忍心。

陳謹維面無表情，哼笑出聲：「你跪我這麼多次，我都沒阻止過你，現在你倒是有話要說。」

「那不一樣。」宮帆心虛地反駁，總覺得哪裡不對，他細想了一下：「我都是在家裡，這裡是外頭。」

陳謹維花了一個眨眼的時間，忍住想揍人的衝動，他都準備脫對方的褲子了，還講這些有的沒的。

「不如我來？」宮帆察覺陳謹維的怒意，小心翼翼地提問。

「我不可以，你就可以嗎？」陳謹維覺得荒謬。

「嗯。」宮帆篤定回答。

他還敢承認！陳謹維深吸口氣，瞬間沒氣了。

「能不能別這麼喜歡我？」陳謹維煩躁地說。

「不能。就是這麼喜歡你！」宮帆愉快承認，沒什麼好遮掩的，趁機重新摟著人，又要討個親吻。

陳謹維見他打蛇隨棍上，又一次湊過來索吻。

這次他不躲了，接受宮帆的索求，只是他也不打算讓對方好過，親著親著，就用上牙齒了，數度狠咬對方的脣，嘗到血腥才罷休。

哼哼，看你敢不敢再得意。陳謹維惡質地想，結束這個略為粗暴的吻。

然而，他太小看宮帆厚臉皮的程度了。

宮帆摸摸自己嫣紅帶血的唇，沒喊疼也沒責怪對方，而是羞澀地說：「好激烈。」

從語氣判斷，他大概還很開心。

輸了。沒遇過這麼無賴的人。陳謹維認輸，撲到對方懷裡，雙手環抱對方，將臉埋在男人胸前。

宮帆愉快地輕笑，整個身體震動著。

兩人停頓許久，身體貼得很近，毫無縫隙，能明顯感受到對方身體的變化。

宮帆勃起的性器頂著他，兩人貼近，中間夾著那樣的凶器，他也不覺得尷尬，還猥瑣地小幅度磨蹭陳謹維的腹部。

「怎麼辦……被你親硬了。」宮帆問，語氣無辜。

「你剛才拒絕我……」陳謹維沒好氣地說。

「換個方式。我們用手做……好嗎？」宮帆低聲下氣地要求。

陳謹維嘆口氣，拿他沒轍，動手幫他拆皮帶，兩三下工夫，就將人的褲子解開，隔著薄且透的蠶絲質地內褲，他能摸出對方性器上青筋賁張的形狀。大得驚人，他促狹地道：「我還沒做什麼就已經這樣了，你很快就會出來。」

宮帆苦笑：「別挖苦我了。」

「你想要……我怎麼摸你？」陳謹維接著問，進入正題，用各種手法挑逗對方，輕輕按壓冒起的筋：「像這樣輕撫？還是摳你這裡的小孔？」

男人的鈴口被陳謹維以拇指反覆摳弄，畫著圓圈。

宮帆焦急得咬牙切齒，難耐地表示：「要出來了！」

「這麼快？」陳謹維刻意用意外的口氣說道，接著換個手法，又抓又掐的。「我要是這樣摸你，你受不了吧？」

「小維……」宮帆呻吟，確實受不了。

陳謹維逗著他，欣賞男人受自己擺布的模樣。

是我讓他變成這副模樣。

思及此，陳謹維也忍不住興奮起來。

「只有我……」宮帆皺眉，不滿足於此，也想摸摸陳謹維。「我們一起。」

在宮帆有些急切的動作之下，他脫去陳謹維的褲子，將對方的性器貼緊自己的。他笑了出來，單手握住兩人的分身，滿足了。

「這樣比較好。」宮帆滿意說道。

陳謹維的手小，握住兩人的器物有些勉強，他懊惱瞪了宮帆一眼，偏偏對方笑得特別燦爛。

他還能怎樣，只能順著他。看在他長得特別好看的分上。

本來陳謹維想採取主動，掌控節奏，卻被對方一再打亂，最後演變成互相撫摸彼此的性物。完全出乎意料。

兩個男人待在男廁裡用手互相安慰，單間雖然狹窄，卻架不住是誰都能進來的場合，既開放又封閉的空間。

他們壓抑著聲音，不讓外頭行經的人聽見裡頭的不對勁。

這種刺激與被人發現的羞恥像是一種催化劑。

陳謹維抬頭看向宮帆，他眼神迷離，腦子無法好好思考，單純的沉迷在慾望之中。

宮帆回視他，貪婪地俯身，和他接吻。

一個長達幾十秒鐘的深吻，讓宮帆比陳謹維早到達，隨後專注攻擊陳謹維，特別關照他可愛的囊袋，力道恰好地揉著。

在他眼裡，小維全身上下都是可愛的。

陳謹維被他揉到腿軟，整個人站不住腳，只能無力地靠在宮帆身上。可如此一來，他那處便緊貼著宮帆，正好在襯衫下襬的位置。

「等等……衣服……會弄髒……」陳謹維喘著氣，雙手推拒宮帆，想要靠自己站起，但宮帆單手扶著他的背，不讓他離開。

「沒關係，我不介意。」宮帆手勁微微加強，開始服務他的根處，揉得更厲害，動作大且快。

「不行……啊……」陳謹維沒法思考了，彎下腰，靠著宮帆，在他手中達到高潮，他的體液濺到對方衣服上。

陳謹維無力地趴躺在對方懷中，喘著大氣，緩和下來。

宮帆不著急自己被弄髒的衣服，反倒環抱著人，享受此時此刻的餘韻。

真好啊。宮帆輕拍陳謹維的背，好心幫他順氣。

陳謹維微瞇著眼，舒坦是舒坦，但總覺得這一切跟他原本想像的完全不一樣。他糾結幾秒鐘，就不思考了，自己站穩站好，退開一些，抽張衛生紙，擦乾淨手，再彎腰撿起自己的褲子，帶上拉鍊，穿好褲子。

頗有拔屌無情的風範。

「你衣服褲子都髒了。」陳謹維提醒他。雖然他褲子也沾到了一點宮帆的體液，但範圍小，大多都扼殺在衛生紙上。他多抽幾張衛生紙遞給宮帆。

「不礙事。」宮帆不介意，隨意擦拭，沒怎麼整理就穿上褲子。

陳謹維以為宮帆回辦公室後會換套衣服，所以沒放在心上。

然而，他們剛到辦公室，徐映齊便急急忙忙上前，抓著宮帆一頓數落。

「我跟你說十五分鐘，你去了三十分鐘，會議都要開始了！快點！你趕緊跟我去開會！」

徐映齊一手抓住宮帆，一手抱著一疊文件夾，要往會議室去。

「小維，到我辦公室等我，休息室的密碼鎖換了，是我們開始交往的那天。你先休息，我很快結束。」被拉著走的宮帆回頭對陳謹維交代。

「你……就這樣去開會？」陳謹維嚇壞了，喊住他，但不敢說得太明白。

「嗯？有問題嗎？」徐映齊停下腳步，詢問陳謹維，莫名的有氣勢。

陳謹維不敢造次，連忙改口：「沒問題……慢走。」

他做了一個請走的手勢。

於是，宮帆頂著一張宣洩過後饜足的臉，與被陳謹維咬傷而紅嫣的嘴脣，與一身曖昧不明、不可明言的汗漬襯衫，無知無覺地散發著性感嫵媚的氣息，跟一群高層進行臨時會議。

高層人員見到如此情動性感的宮帆，忍不住嚥下口水，平時已經夠美的宮帆，如今變本加厲，豔麗得令人不敢直視。

高層人員怕耽誤正事，盡可能地避免與宮帆對上視線，卻非常影響發揮，報告得零零落落。

在會議開場十五分鐘後，宮帆忍無可忍大發雷霆，氣氛大轉，諸位才恢復正常。

另一方面，獨自回到宮帆辦公室的陳謹維，盯著休息室的密碼鎖，努力回想，他是哪天答應跟宮帆交往。

他竟然不記得了。

陳謹維雙手環胸，閉眼苦思許久。

要是宮帆在場，肯定會哇哇叫。

他想像了一下，腦海浮出了那個人經常提起的交往幾天幾天紀念日，昨天似乎也有提過一次，他稍稍推算日子，得出四個數字。

他睜開眼，按下那四個數字。

門鎖發出開啟聲音，他答對了。

面無表情的陳謹維高興得雙手握拳，無聲做了一個勝利的動作。他跨步走進休息室，休息室的設計兼具休息過夜與盥洗功能。他很少進入宮帆的休息室，但不是沒來過。

他發現休息室裡多了幾個相框，尤其床頭櫃上就擺了約四、五個，他好奇地隨手拿起其中一個相框來看。反手翻過來，看見一張他自己的照片。

他細看所有相框內的照片，滿滿全都是他的照片，大多是偷拍，有他熟睡、換衣服、低頭專注吃早餐特別不清醒的樣子，以及兩人的合照。

陳謹維掃一眼，宮帆簡直變態。

他再度見識到宮帆對自己的喜愛程度。

可怕。

他蓋下自己熟睡跟換衣服的照片相框，看來他有必要跟宮帆好好談談。

陳謹維待在休息室，使用裡頭附設的浴室洗澡，宮帆的休息室有個衣櫥，但裡頭清一色正裝，沒一件休閒衣，也沒屬於他的衣物。

他隨意挑了件襯衫套上，宮帆看起來瘦，但體型還是比自己大了兩號，將宮帆的襯衫穿在身上，光是袖子就長出很多。他將袖子挽上，褲子乾脆不穿了，下身赤裸。

他坐在休息室的小沙發上，拿出自己的筆記型電腦開始辦公，處理一些出差的業務。住宿是個難題，雖然出差可以報公帳，但他還是想盡可能地想減少開銷。畢竟公司有他的股份，儘管比重不多，但能省則省。

他目前找到的民宿，主人只開放客人住一個星期，一個星期後的落腳處他還沒著落。如今宮帆要陪他一起出差，他已經通知民宿主人多加一個人，但總不能讓宮家大少爺陪他久住條件較差的民宿。

因此，他看起當地的飯店網址，要住宿條件好，離中式餐廳近，交通上還要方便他前往廠商那邊。他大量瀏覽飯店資訊，看花了眼，戴上眼鏡繼續尋找，比他當初找民宿的時候認真許多。

宮帆開完將近兩小時的會議，迫不及待地大步趕往休息室，需要補充他的維他命。

徐映齊追在他後頭，對他交代著後續事項，因為著急，所以語氣有些氣急敗壞。

兩人一前一後闖入休息室。

陳謹維嚇了一跳，抬頭看向他們，還沒完全反應過來，宮帆已經撲向他。

宮帆將人抱個滿懷，用力深呼吸，吸食他的氣味。

「你洗澡啦？」

「嗯，換了你的衣服穿。」

「是我疏忽了，改天讓祕書買些你尺寸的衣服放在這裡備用。」宮帆自責，但是男友襯衫實在太讚，他忍不住想入非非。

「宮六！我們還沒討論完！你！你……」徐映齊跟在他身後，見兩人抱在一起，話都說不下去了。

陳謹維難得的主動回抱宮帆，保持相擁的姿勢。宮帆喜出望外，沒想到他會主動示好，這真的是天大的福利。

陳謹維彷彿能看見宮帆用力搖晃的尾巴。

「怎麼突然對我這麼好，大方地給我福利？」宮帆以臉頰蹭蹭陳謹維的臉頰，表達親暱，要不是徐映齊還在，他早將人推倒了。

「跟你說個祕密。」陳謹維貼著他耳朵說話。

「嗯？」宮帆好奇，豎耳仔細聽。

「我沒穿褲子跟內褲。」陳謹維告訴他。這種像是誘惑人的話，從他口中說出，像在陳述事實。

沒錯，他只是在陳述事實。

宮帆一愣，低頭看看他的腿，伸手隔著襯衫摸摸他的臀部，確定他底下真的什麼都沒穿，赤裸裸的暴露！

而徐映齊在場。

有外人在場！

宮帆一秒炸了，他猛地轉頭，對徐映齊說：「徐，抱歉，能給我和他幾分鐘時間嗎？我們倆待會再談。」

徐映齊一愣，難得宮帆正經八百，沒有開玩笑的意思，儘管他很著急，但還是摸摸鼻子、退出休息室，將空間留給他們。

人一走，宮帆立刻退開，好看清楚陳謹維現在的模樣。

陳謹維只穿一件過大襯衫，袖子挽到手腕上方，襯衫下襬遮住他赤裸的下體，隱隱約約能見私處的體毛。

「你底下居然什麼都沒穿！要是被徐看見，我們就吃虧了！」宮帆緊張地說，卻掀起襯衫下襬，把他私處看個清楚。

我們？吃虧？

算了，計較這些沒意思。

陳謹維情緒平平，任由他看，雖然不清楚對方掀起來的用意在哪，但對方是變態已經是不爭的事實。

他那處乾淨清爽，性器沒精神地疲軟，不在狀態中。宮帆光看還不過癮，出手摸了摸，像在確認沒少塊肉。

「別摸了，剛射過兩次，不會再起來了。」陳謹維拍開他的手，不給摸。

「我找件褲子給你。」宮帆沒得摸了，起身，找件褲子給他穿上。

陳謹維看他站在衣櫃前翻箱倒櫃，下了沙發，站到人身後，雙手環抱住宮帆，整個人貼在他身上，偏著頭，靠在他肩膀的位置，同樣看著衣櫥裡的衣服。

「我找過，沒有我能穿的。」陳謹維讓他別白費工夫了。

宮帆動作一滯，聲音喑啞：「小維……」

「嗯？」陳謹維的手仍摸著宮帆的腹部，肌肉結實，和自己的是完全不同的手感，害他愛不釋手。

人都嚮往自己所沒有的事物，像是腹肌之類的。

不知道他現在開始鍛鍊的話，能不能像宮帆的腹肌一樣？

陳謹維邊摸邊失神地想，沒意識到自己對宮帆的騷擾有多過分。

宮帆拉住陳謹維的手，微微側身，望向陳謹維，求饒：「小維，別摸了。」

陳謹維心裡疑惑，抬眼對上他的視線，從他眼神中讀出情慾。他一愣，真沒往那方面想，只是隨手摸了一把對方的腹肌，這樣也能撩起來。

「你剛是不是……還沒夠啊？」陳謹維的手雖然被宮帆抓住，但對方沒用多少力氣，他欲往宮帆那處探，宮帆不得不使力，將人的手抓緊。

不給摸？真稀奇。陳謹維意外，就是沒什麼表情，只用眼神詢問「你不想要嗎」。

「徐在外頭等著，我待會得繼續去開會。」宮帆用懊惱的表情解釋著，他被撩撥得想撲倒對方，但憑藉過人的意志力生生忍住。

「喔。」陳謹維收手，不僅如此，還退開幾步，跟人拉開距離。

宮帆見狀，無意識地前進一步，又縮短距離。

「離我遠點。」陳謹維警告他。

「不要。」宮帆一秒拒絕。

陳謹維沒好氣地說：「碰你，你又要起反應。離你遠點，你又不要。」

「我不要。」宮帆眉頭緊皺，再次重申，他前進一步，將人抓到懷裡，帶到衣櫃前。他就著環抱陳謹維的姿勢，繼續翻衣櫥裡的衣物。

陳謹維背抵著宮帆的胸前，分析宮帆此舉的意思，也就是說，不給撩，但也不能跟他拉開距離，就是要膩在一起。

「暫時用這個遮一會。」宮帆拿出一條純羊毛圍巾，完全展開後，圍住陳謹維的下半身，繞了整整兩圈才罷休。

陳謹維低頭看看自己的新造型，表示：「其實我可以穿回我自己原本的衣服。」

「你不是不喜歡穿脫下來的衣服嗎？我讓李叔送一套過來，順便請他們打包行李。我得忙到明天早上，沒時間打包了。」宮帆說著自己的打算，沒過問陳謹維願不願意陪他加班，自動認定對方會陪他待在公司。

陳謹維想了一下，他沒什麼行李需要打包，工作最重要的筆電與證件他一直帶著，直接從宮氏出發前往搭機並無大礙……

很好，他接受他的安排。

「我會通知李叔，有沒有特別需要帶上的？」

「保險套？」

宮帆嚥下口水，反駁他：「可以在當地買。你別再撩我，我會忍不住的。在這好好待著，別出去。有什麼需要跟祕書說一聲。我先出去了。」

宮帆邊說邊往外走，千萬交代他得待在休息室裡，不准他再出去。

陳謹維被關在休息室裡，看看時間九點多，快到要他睡眠時間，他乾脆躺床睡了。他扯掉宮帆硬兜在他下身的圍巾，只穿一件過大襯衫，赤裸下身，鑽進棉被之中。

睡前，他猛地想到還沒決定好飯店。

算了，睡覺比較重要。

陳謹維毫無心理壓力，閉上眼睛，休眠。

陳謹維睡了，宮帆與徐映齊卻還在苦戰。兩人為了給宮帆擠出假期，重新規劃行程，大部分工作已經安排妥當，剩下一些瑣碎的應酬交際部分。

晚間十點，林茂軒帶著消夜與他們兩人的行李到來，邊念宮帆邊加入戰局，給宮帆增加工作量，畢竟他的公司宮帆也有一份。可惡的宮帆，害他們情侶差點吵起來。

休息室外頭如火如荼的忙碌，裡頭的陳謹維卻睡得香甜。

凌晨兩點半，宮帆結束手邊的工作，送走林茂軒與徐映齊，總算能補充他的維他命。他覺得自己要被工作榨乾，非常需要心靈上的撫慰。

他爬上床，隔著棉被，用力抱住陳謹維，維持這樣的姿勢長達十幾分鐘，幾乎都要睡著了。

直到陳謹維被熱醒，他迷迷糊糊地睜開眼睛，動動身體，發現自己連人帶被，被困在宮帆的懷裡。

「忙完了？」陳謹維出聲，想翻身都做不到。

「嗯。」

「辛苦了。」

「嗯。」

宮帆累得很難講出長串的話語，只能單音回答他。

「睡吧。」

「還沒洗呢。」

「不洗了，明天洗吧。」陳謹維提議。

「不行，髒。」

難怪會隔著被子抱他，原來是嫌自己沒洗澡，怕弄髒他。陳謹維想明白了，艱難地想轉身面對宮帆。「李叔送衣服來了嗎？」

「送來了，林幫忙送過來的，因此我還被他刮了一頓。」宮帆委屈。

陳謹維哼笑，可以想像學長數落他的畫面。

「趕快洗，早點睡。」陳謹維伸手拆掉他的髮束，宮帆的長髮散落下來。頭髮一放，那張漂亮精緻的臉瞬間多了一分嫵媚。

陳謹維瞇眼欣賞他雌雄莫辨的美豔，向他要求：「來，親一個。」

「Yes, sir!」宮帆湊上來，親吻陳謹維。

「好了，去洗澡吧。」陳謹維拍拍他的背，給完糖果後，打發人去洗澡。

宮帆戀戀不捨老半天才退開，進浴室洗澡。

人離開後，陳謹維因已經被吵醒了，有點難再睡。他打了個呵欠，緩慢坐起，忍過陣陣的頭暈。

等適應過來後，他拿起手機，查郵件，國外是上班時間，許多信件有了回音，他一封封慢慢點開閱讀。

宮帆沒花多少時間洗完澡，回來看到陳謹維居然醒著，而且見他一出來，便放下手機，調整棉被跟枕頭，重新躺回床上。

雖然陳謹維慣例的面無表情，但視線直勾勾地望著他，等他過來，顯然在等自己上床睡覺。

陳謹維等他上床，才輕輕道聲：「晚安。」

然後，調整好姿勢，繼續睡了。

宮帆珍惜地將人擁在懷中，親吻他的額頭，回應一句晚安。

有人陪伴的感覺實在太美好了。

他怎麼可能不感動。

風騷總裁強勢包養

第七章

情理之中，意料之外，宮帆沒能順利和陳謹維一起飛。

中午，宮帆與陳謹維悠悠哉哉吃著李叔帶來的早午餐，徐映齊與林茂軒赫然出現，二話不說將宮帆拖去開會。宮帆一路哀號慘叫，巴著門框不肯配合。

陳謹維十分鎮定，向他揮揮手。「去吧。我在當地等你。」

「不！」宮帆號叫，被林與徐一左一右帶走了。

陳謹維按照原定計畫，時間到了前往機場，李叔充當司機，送他到機場，一路上嘮嘮叨叨交代出國的各種注意事項，小心這個小心那個，特別是國外治安不好云云。

陳謹維沒告訴李叔，他曾經在當地讀書，待過好幾年，環境還算熟悉。多半是他很久沒被老人家嘮叨，有點享受這種氣氛。

「小維，到當地後，會有人接應。少爺在當地的房子我已經通知人打理好了，隨時都可以住進去。裡頭也有安排一個管家跟負責餐點的廚師，有什麼需要就跟他們直說，不用客氣。」李叔提到住宿部分。

陳謹維一愣，意外地問：「哥在當地有房？」

「當然。不僅在當地，宮家在世界各處都有房產，你們以後度假可以讓少爺一一帶你去。」李叔理所當然地說。

壕。真不愧是世家。

陳謹維被刷新了資訊，更不好意思說自己在當地訂了便宜民宿，原本還打算讓他的少爺跟著住進去……莫名慶幸宮帆不用跟自己飛，恐怕那位少爺這輩子還沒機會坐過經濟艙。

他一細想，就停不下來了，突然意識到宮帆跟他在一起會不會一直在吃苦。

「小維，難道說你會暈機嗎？臉色變得很差。」李叔擔心地詢問。

陳謹維回過神來，搖頭，否認：「沒事，我不暈機。」

「還是午餐沒吃飽？來，我這裡還有劉嬸給你做的餅乾，上機前吃一吃，別餓肚子了。」

李叔拿出餅乾盒子，重量沉甸甸，裝了滿滿的餅乾。

陳謹維接過盒子，順著老人家的意思，一片片吃起。

原本只打算讓李叔送他到機場，但李叔非要陪他一起辦理登機手續。

最後還是被李叔發現他買經濟艙的座位，李叔開始心疼他。

「經濟艙座位多不好坐，要不，李叔幫你升個等？」李叔自作主張，幫陳謹維升等了，加錢付現毫不手軟。

不知道的人還以為他們是叔侄。

李叔怕他沒錢花，還想把一張卡塞給他，被陳謹維態度堅決地婉拒了。

這就是宮家 style，上至下都貫徹一個字，壕。

陳謹維帶著升等的機票，跟李叔揮別，過關，準備登機了。

候機時，他接了宮帆的一通電話，進行長達十幾分鐘沒營養的對話，緊接著在徐映齊的咆哮下，再度被人抓去開會。

中途等待轉機時，他看見宮帆傳了訊息，對方終於搞定工作，也準備出發了。

陳謹維以前自己一個人飛也不覺得怎樣，然而，現在他一個人突然有種特別孤單的感覺。飯也吃不香，覺也睡不好，總覺得少了些什麼。

少了宮帆的陪伴。

他在轉機處的書店中看到一本書，是百鳥圖鑑，封面一隻百鳥之王白色孔雀，讓他想起宮帆。思念來的非常突然，而且異常猛烈。

他心血來潮，將那本百鳥圖鑑買下，然後拍張書的封面照傳給宮帆。

「哥，我想你了。」

電話幾乎是瞬間響起，宮帆立刻撥電話過來。

陳謹維遲疑幾秒，才接起電話。

「哥？」

「小維！我也很想你。真恨不得能馬上和你見面。」宮帆急切地說道：「你離登機還有多久時間，我們能不能多聊一會？」

陳謹維停頓很久，久到宮帆差點以為他訊號消失。

「你好可怕。」他說。

「嗯？可怕？」宮帆愣了愣，對於陳謹維的指控沒頭緒，他反省自己，小心翼翼地詢問：「你是不是嫌我煩？我只是想聽聽你的聲音。」

「哥，你太可怕了。我一直以為我不會喜歡上任何人，沒想到……我好像很喜歡你。比我想像中還要喜歡你。」陳謹維無聲嘆了口氣，他的告白參雜濃濃的無奈感，喜歡上宮帆出乎他的意料。

「小維……這是你第一次不是在床上說喜歡我……我可以相信你，對吧？」宮帆聽了他的告白，感動到懷疑自己是不是幻聽，恨不得能跟他當面好好確認。

陳謹維沉默片刻，冷漠地回應：「我掛電話了。」

「別別別！我就是有點意外。嘿嘿。」宮帆一陣傻笑，厚著臉皮要求：「你可不可以再說一次。」

「不要。」

「啊……」宮帆失望。

陳謹維哼聲：「要說，也要當面說。時間差不多，我真的要掛電話了，你趕緊跟上，別讓我等太久。我心情好，可能會多說幾句。」

「我很快就會追上你的！」宮帆激動。

陳謹維結束通話，也不管宮帆後來說了些什麼。

宮帆太激動了，他連忙通知那方的管家，千萬交代一個宗旨：別讓小維不開心。

對此毫不知情的陳謹維結束漫長的飛行，好不容易抵達機場，宮帆不在身邊，他沒睡好，精神狀況很差。

他一個人推著行李箱，剛入境，就瞧見宮帆派來接應的人，拿著一張板子寫著：歡迎維克陳！

「請問是陳先生嗎？」對方用生硬的中文和他對話。

「是，我是。」陳謹維也用中文回應。

「你好，我是宮帆家的司機，你可以稱呼我吉米。」對方艱難地自我介紹，儘管每個字的音調有些古怪，但確實是中文。

陳謹維沒有特別提醒對方自己可以說他們的母語，一方面是對方先開口使用中文，一方面他們還不熟悉，不想給對方聊開的機會。

「你等我一下，我和宮帆確認。」陳謹維性格謹慎，不輕易跟對方走，連行李箱都不讓對方接手。

偏偏宮帆手機沒訊號，打不通，他可能在飛行了。陳謹維給李叔撥通電話，向他確認吉米的身分。

「好的，我知道了。」陳謹維得知吉米的確是宮帆家在當地的司機，他才敢跟對方一起離開。「麻煩你帶路了。」

「請跟我來。我來幫你推行李。」吉米伸手想接過行李箱。

陳謹維婉拒：「不用，我自己來。」

吉米愣了半秒，沒料到會被拒絕，但他很快反應過來，繼續帶路。

這可是一位貴客。

吉米被上頭交代必須好好對待。

在抵達宮帆家前，陳謹維一直在用手機辦公，還沒察覺到自己的特殊禮遇。

前方開車的吉米戰戰兢兢，不敢隨便和他搭話，怕語言不通造成隔閡，惹怒對方。

途中，他們行經快餐店，長時間挨餓、硬是不吃飛機餐的陳謹維提議買個速食。

吉米滿臉糾結，向陳謹維表示：「家裡廚師已有準備餐點，但如果你很想吃看看本地的速食，我可以帶你去。」

「不用了。我過去吃。」陳謹維決定忍回宮帆家。

然而，他忘記問從機場抵達宮帆家的車程。

曾經有間快餐店在他眼前出現，但他沒有好好珍惜。

一段時間過後，他已經餓到不覺得餓了，開始出現貧血的症狀，又是頭昏眼花又是冒冷汗。

「還有多久抵達？」陳謹維問吉米，臉色蒼白，毫無血色。

吉米專注開車，注意車況，他忽視了陳謹維的不適，隨口回應：「就快到了。」

十分鐘前，吉米也是這麼說。

陳謹維已經沒辦法再使用手機，他甚至喪失思考能力。眼看他們進入市區，越來越多的餐廳在他眼前掠過，他卻沒力氣喊停車。

悲慘。

好不容易車子駛入一棟建築。

宮帆家位於當地的高級社區，獨棟的別墅型建築，占地寬敞，還有一座私人泳池。

可陳謹維無心欣賞宮帆家，因為吉米停好車，他就得跟自己的暈眩奮戰。他眼花到連車門把手都看不清楚，無法順利打開車門。

宮帆家的管家走上前，畢恭畢敬為他開啟車門，見陳謹維一臉蒼白且唇色青紫，立刻緊張地詢問：「陳先生，你還好嗎？你的臉色很差。」

陳謹維試著自己下車，邊跨出車邊解釋：「我……好像有點……餓過頭了……」

下一秒，他實在撐不住，昏厥過去，摔出車外。

接下來場景只能用混亂來形容，管家與吉米手忙腳亂，將昏倒的貴客陳謹維送進屋內，將他安置在長型沙發上，等待他甦醒。

吉米理所當然地被管家教訓了一頓，差點連工作都沒了。

陳謹維沒昏倒多久，很快清醒過來，他臉色依舊非常糟糕，說不出話來。

管家趕緊安排，將餐點全數移到客廳，讓他直接在客廳用餐。儘管這不合禮儀，但人已經餓暈一次，他不敢讓貴客多花力氣移動到餐廳。

餓過頭的陳謹維對外界沒什麼反應，他只知道食物放到他面前了。他一盤濃湯下肚，整個人才活過來。

「陳先生，抱歉，是我們疏忽了。我已經教訓過吉米，以後再也不會犯同樣的失誤。請您見諒。」管家用一口流利中文向他致歉。

吉米站在一旁，一臉歉意，誠惶誠恐的模樣。

陳謹維搖頭，揮手，表示：「沒事，不關他的事，是我體質較差，挨不了餓。」

「先生也很緊張，可能得麻煩您聯繫他。」管家請示，將自己震動個不停的手機交給他。

「我知道了。」陳謹維接下手機，滑開螢幕通話。

「他醒了沒有？查理你真的讓我太失望，我特地交代你，照顧好我的人。你真有本事把人弄昏了。你等著被我開除吧！」宮帆劈頭罵道，可見怒火絕非一般，儘管如此生氣，他說話語調還是維持著慣有的平穩。

「我醒了。」陳謹維代替管家被念了一頓，覺得稀奇，他從沒機會見識到宮帆的這一面。

他問：「為這點小事就開除人，你脾氣挺大的。」

「小維！你醒了！吃過飯沒？現在感覺怎麼樣？」宮帆驚喜，趕緊問清他現在的狀況，他一聽到他餓昏，簡直要氣瘋了。

「正在吃烤雞。」陳謹維邊回答他邊拿起一隻烤雞腿吃。

宮帆聽得見他咀嚼的聲音，頓時安心不少。

「唉，我光聽你吃東西的聲音，就能撫慰心靈。」宮帆感慨。

「那你仔細聽，我接著吃。你現在到哪了？」陳謹維隨口問起，吃完烤雞，再吃點蔬菜，嘴巴沒停過。

宮帆回了一個抵達時間，抱怨飛行時間太長，恨不得能立刻出現在陳謹維面前，好好端詳他有沒有少一塊肉。

陳謹維聽他這麼一提，後知後覺地意識到他手肘位置隱隱作痛，他用臉與肩夾著手機，翻起自己的衣袖，果不其然看見怵目驚心的擦傷。

「呃——」他盯著擦傷好一會。

「我的天！」一旁的管家被那傷勢嚇壞了，驚呼：「我去拿醫藥箱！得趕緊包紮！」

管家急忙轉身去找醫藥箱。

「怎麼回事？誰要包紮？誰受傷了？你受傷了嗎？」宮帆聽見管家的話，連忙問陳謹維。

「沒有。」陳謹維面不改色地說謊。他一手拿好手機，一手接著拿烤雞吃，等著管家拿醫療箱過來。

「那是誰受傷了？」

「是司機吉米受傷了，大概是我暈倒的時候，他幫我扶了一下。」陳謹維從善如流地回答，隨口扯謊。

因為是善意的謊言，所以也不心虛，聲音不抖。

宮帆聽了，鼻子噴氣：「他應該做的。算了，我就不開除他了，但必須減半薪。他做事太不周到了。」

「人都受傷了，你還要減他半薪。太黑心了。」陳謹維為吉米不值。

兩人侃了一會，直到管家提著醫藥箱回來，陳謹維怕暴露需要上藥的是自己，趕緊結束話題，匆匆跟宮帆道別，結束通話。

陳謹維手肘的傷看似嚴重，實際上只是皮外傷，但淺層的傷口特別疼。藥水一點上去，他就喊了一聲，暗自慶幸他沒和宮帆通話，否則那人發現後肯定會鬧脾氣，搞不好會一直煩他。最有可能的就是宮帆會要求開啟視訊，說好聽點是關心他的情況，實質上跟監控沒兩樣。

「這下該怎麼跟先生交代……」管家擔心得要命。

陳謹維手肘包紮好，餐點也吃得差不多，他打開筆電，開始處理公事。

進入工作狀態後陳謹維便不怎麼理人。在工作之前，他已經事先通知過宮帆，讓對方少傳訊息、別太打擾他。

宮帆克制地忍耐，每一小時只傳一則訊息，再花半個小時等待陳謹維回。

管家開始打理客人的行李，為他收拾，放進客人用的臥室。陳謹維並不清楚管家安排他睡哪個房間，他住哪都無所謂。

等到他處理完公事，用完消夜，準備上床睡覺，才發現管家將他安排到客人用的臥室，而非主臥室。

陳謹維洗過澡，換上睡衣，舒舒適適地躺在床上。長途飛行加上立刻投入工作，讓他生理與心理都已經到達極限。

睡前，他一度思考該不該提醒管家，他跟他的僱主不是可以分床睡的關係。

算了，現在就算天塌下來，他也想先睡個天昏地暗，什麼都不想管。

陳謹維翻個身，閉上眼就要睡了。

然而，他躺了五分鐘，又睜開眼，醒過來，他猛地想起有件重要的事忘了做。他爬起身，拿起床頭櫃上的手機，點開宮帆的通訊，傳一句晚安。

盯著螢幕，他等了幾秒鐘，沒等到回音。

大概不方便吧。陳謹維放下手機，重新躺回床上，卻開始輾轉難眠。

沒看到宮帆的回訊，他心裡不太舒坦。

他睜開眼睛，對著房間擺設發呆，宮帆家的客房打掃得太過乾淨，又沒什麼居家氣氛，像樣品屋一樣。一旦意識到這些，他突然驚覺自己只是一個客人，莫名地心浮氣躁煩。

陳謹維翻來覆去沒睡好，過了十分鐘左右，宮帆才回電。

手機一響，他立刻爬起，接通電話。

「小維，睡了嗎？」

「還沒，準備要睡了。怎麼這麼晚回？」陳謹維沒意識到自己口氣不太好，情緒不太平穩。

面對陳謹維的怨懟，宮帆連忙安撫，發出嘿嘿的傻笑。

「快點睡吧，我還有五、六個小時才能到。唉，好想快點見到你。」宮帆感慨，說要人快點睡，自己卻一個接著一個話題說個沒完。

陳謹維聽著他的話，原本的火氣漸漸消了，隨便應答幾聲，隨著宮帆的語調，人跟著放鬆下來，開始昏昏欲睡。

宮帆自顧自地滔滔不絕，就算聽見陳謹維細微的打鼾聲，也捨不得結束通話。就這樣聽著人的鼾聲，度過難熬的飛行時間。

凌晨五點多，陳謹維聽到爭執聲，他的意識已經醒過來，但身體拒絕清醒。沒過多久，他聽見開門的聲音，一個溫暖的擁抱襲來，聞著熟悉的氣味，不用猜也知道誰來了。

「小維，我的維他命，終於碰到你了。」宮帆抱著人，發出滿足的長嘆，像是要把整天飛行的怨氣一口氣吐出。

「嗯。」陳謹維轉個身面對他，眼皮艱難地睜開，瞇著眼看向對方。

宮帆來得匆忙，一頭長髮披散，落在陳謹維身上，長途飛行讓他臉色不太好，但抱著他，表情非常滿足，他那雙淺色眼睛晶亮有神，直勾勾地盯著他，趁機俯身親了他好幾口。

「醒了嗎？餓不餓？要起來吃早餐嗎？」宮帆連問，一張嘴忙得很，又要問話，又要親吻他。

陳謹維昨晚其實沒睡好，大概是身體認床又沒他陪著，就一直處於淺眠的狀態，精神不算好。

他以前從來沒有認床的問題，跟宮帆生活，讓他變嬌氣了。不過，因為他沒睡好，導致早起低血壓的症狀不怎麼嚴重，還能好好地跟宮帆對話，他問：

「你餓嗎？」

「餓。想吃你。」宮帆邊回答邊啃吻陳謹維的脖子，留下一個淺淺的印子，彷彿真要吃掉他。

「還是先吃早餐吧。」陳謹維雖然想推開他，但宮帆貼著自己的下身，似乎已經挺起來了。

不過是幾個吻就能硬到抵著自己，這傢伙太容易被煽動了。

陳謹維呻吟一聲，乾脆放鬆身體，讓宮帆自行解決。

宮帆沒太為難他，動手自給自足，一下又一下親著陳謹維的身體，用身下人當配菜，很快就交代出來。他滿足了，洗好手，回來拉起陳謹維，進浴室梳洗，洗了個鴛鴦浴。

期間宮帆發現他手肘的傷，一陣大呼小叫，氣憤不平。陳謹維迷迷糊糊，被吵得受不了，亂親宮帆一通，擦槍走火，才把人安撫好了。

後續收拾，陳謹維被動地隨他擺布，又是幫忙洗澡，解決生理需求，又是牽著手下樓。

期間他被宮帆塞了一塊巧克力，香醇苦甜，精神好了一點，終於能聽進他叨絮沒完的話。

「我已經唸過管家，下次再有這樣的情況，你得告訴他們，我們兩個要睡一起，不要分房。你見過哪對夫妻分房睡的？」

「我們沒結婚。」陳謹維反駁他。

「那也是準備結婚的階段！」宮帆理所當然地回應。

陳謹維覺得好笑，乾脆順著他的話講：「至少得交往半年，才能論及婚嫁吧？」

「是啊，就連訂製戒指，也得等好幾個星期才能拿到手。」宮帆嘆氣。

「你該不會已經在策劃了？」陳謹維開玩笑地問。

「祕密，暫時不告訴你。」宮帆神祕地笑了。

可怕。

陳謹維不敢細想他神祕笑容的涵義。

一樓的管家剛被教訓過，見兩人牽手下樓，一個鞠躬，向陳謹維道歉：「陳先生，昨晚是我糊塗了，竟然將您安排到客房。我待會立刻幫你將行李搬到主臥室去。」

「你真的太失職了。我對你很失望，我剛才注意到他手肘上的傷，你竟然沒有第一時間告知我：」宮帆冷聲責怪對方。

「真的非常抱歉！」管家鞠躬低著頭，承受著男主人的怒火。

陳謹維看不慣宮帆那副上位者的姿態，不自覺地抽回自己的手，甚至挪了一步拉開距離。

他很難習慣宮帆這一面。

宮帆注意到陳謹維的刻意疏遠，匆匆打發掉管家，回頭，緊張地詢問：「怎麼了？」

「我餓了，你卻在發脾氣。」陳謹維沒好氣地掃他一眼。

宮帆連忙致歉：「抱歉、抱歉，我們趕緊去餐廳吃飯。下次我會叮嚀管家把早餐送上來。」

宮帆重新纏上來，攬著陳謹維的肩，帶人往餐廳的方向走。早餐擺好上桌，冒著熱氣與香味。

陳謹維被食物吸引，整個人輕飄飄的。入座後，他不敢直接動手，看了宮帆一眼，禮貌性地等主人先開動。

太可愛了。宮帆被他的舉動萌得膽寒。

「你別這樣看我，會讓我想親你。」宮帆湊向他，邊說邊親吻他的臉頰。

陳謹維任他親，反駁他：「你已經親了。」

「吃吧。我的小維要餓壞了。」宮帆親完，宣布開動，將自己盤子裡的蛋也分給他。

陳謹維得到允許，立刻動手，一口就把煎蛋給吃了。宮帆送過來的蛋，他也一口吃了，咀嚼滿嘴的蛋，得到極大的滿足，心情安定下來。

「慢慢吃，現在很早。」宮帆幫他切肉，將肉跟生菜塞到麵包之中，弄成類似漢堡的樣子，方便他吃。

「我十點有一場會議，地點距離這裡大約一個小時的車程。」陳謹維向他提自己的行程，問他：「你跟我去，還是我自己去？」

「我也能去？」宮帆眼睛一亮，沒想到小維願意帶自己去。

陳謹維遲疑地緩慢點頭，擔心自己這個決定是否太魯莽。因為是他邀請宮帆一起出國的，對方為此排除萬難，將工作排開，總覺得自己對他有一份責任，不能放著不管。

「別打擾到正事就好。」陳謹維有但書。

「我絕對不會打擾你們，我保證。」宮帆保證。

陳謹維相信他的保證。

飯後，陳謹維主動牽起宮帆的手，輪到他拉著宮帆往樓上走。巧遇剛收拾好行李的管家，對方誠惶誠恐地告知他們主臥室與兩人的行李已經整理好。

陳謹維點頭，決定做點好事，讚許他：「辛苦你了，做得很好。」

「哼。」宮帆哼聲，但看向管家的眼神已經沒有剛才嚴厲了。

管家冒著冷汗，暗自鬆了口氣，目送兩位進主臥室。

陳謹維打量主臥室，比他昨晚睡的客房大得多，還有個小客廳，長型沙發與電視。這房間至少能睡五、六人，床也是最大尺寸的雙人床。

他牽著宮帆進浴室刷牙，浴室出乎他意料的普通，和客房的設置差不多。他還以為會有個大浴池。

宮帆家確實有大浴池，不過沒設置在主臥室裡，而是在一樓的位置。大浴池要是擺在主臥室裡，房間容易潮溼，所以得設計在通風好的位置。

宮帆沒想到陳謹維對大浴池有興趣，害他忍不住期待兩人在大浴池這樣那樣。

「等回來再說吧。現在，你，需要休息。」陳謹維指著他臉上明顯的黑眼圈，用命令的口吻，要他睡覺。

宮帆皮膚白皙，人一累，黑眼圈就特別明顯，無所遁形。

陳謹維看不下去，漂漂亮亮一張臉被兩圈黑影破壞，嚴重影響他的觀感。

刷完牙，他牽著宮帆上床睡覺。

「你怎麼對我這麼好？」宮帆很感動。

陳謹維不僅拉著他上床，他自己也跟著鑽進被窩裡，甚至主動將自己塞進他懷裡，調整到最舒適的姿勢，乖乖躺好。

對方的舉動太貼心，他簡直要愛死他了。

對他好，也是對自己好。反正沒他陪，自己也沒睡好。陳謹維打了個呵欠，吃飽飯後，特別想睡覺，意識開始昏沉。

這個姿勢最好睡。

他有預感，自己可以睡個好覺。

忽然，他意識到自己認的，可能不是床，而是宮帆的懷抱。

「你不在，我昨晚也沒睡好。我好像已經習慣被你抱著睡了。」陳謹維迷迷糊糊地說。

宮帆心情激動，聽著陳謹維變相的告白，感動到快落淚了。

「好愛你。」他對懷裡的人說道。

「嗯……晚安。」陳謹維道聲晚安。

「晚安。」

宮帆用力環抱住陳謹維，將臉靠著他柔軟的頭髮上，蹭來蹭去。在他懷中，陳謹維迅速入眠，睡得不省人事。

沒多久宮帆跟著他一起陷入熟睡。

兩個人身體緊密交纏，貼緊著對方，感受對方的體溫、呼吸對方的氣息、聽著對方的鼾聲，這些是世界上最美妙的催眠因子。

如今，全完美地融合在一起。

第八章

宮帆再三保證過不會打擾對方辦公，但他的保證在陳謹維與出問題的廠商負責人接觸後，華麗地跳票了。

廠商負責人是陳謹維的粉絲。

是的，粉絲。

陳謹維外型給人強烈的少年感，兼具可愛與成熟的氣質，在正式場合穿著西裝，再搭配上他一貫的面無表情，或是假仙到不行的營業式笑容，神奇地非常招人喜歡。

年紀大的國外叔叔們前仆後繼地成為他的俘虜。

原本廠商沒打算為這次出包的事負責，但負責人一聽派來協商的人是陳謹維，態度瞬間軟化，甚至為此抽出時間，就為了親自見他一面。

陳謹維到場，負責人強尼先是寒暄，又抱怨他調去亞洲後，很難得再見一面，緊接著一連送出三樣禮物，珍貴名酒、男性純銀製手飾與造型奇特的動物陶瓷娃娃──是小飛鼠的造型。

強尼再三強調，他初見這陶瓷娃娃就愛上了，覺得小飛鼠和陳謹維特別像，他自己就買了十個，家裡擺了三個，辦公室擺了兩個。

陳謹維收下禮物，立刻轉手交給宮帆，讓他代替自己拿著。接著跟強尼談起正事，公事公辦，閒聊就等談完公事後再說。

宮帆瞪著飛鼠陶瓷娃娃，一方面很想砸爛，一方面又覺得確實有幾分像陳謹維，導致他下不了手。

「維，你回來吧。新來的負責人沒有你可愛……不，是沒有你能幹，你看這次出包就是他交代不完全，要是你在的話，根本不會出這種事。我認真的，你不考慮回來嗎？」強尼伸手想牽起陳謹維的，被陳謹維巧妙避開。

不死心的強尼第二次伸出鹹豬手，然而還沒碰上陳謹維，就被宮帆一掌拍開。宮帆護食一樣，將陳謹維緊緊抱住，退開好大一步，跟強尼拉開距離，並且睜著一雙美目，狠狠瞪著對方。

心動。強尼被他這麼一瞪，彷彿被邱比特的箭射中心臟。他頓時紅了臉，一句我的天脫口而出。

「維！這位天使般的美人是誰？」他光注意許久未見的陳謹維，忽視了跟在他身後的美人。

這位既美又充滿力量的男人，穿著與陳謹維同一款式的合身西裝，身形高大卻不魁梧，雖然一頭長髮卻不顯女氣，擁有猶如太陽神阿波羅般的男性美。

他驚豔地上下打量宮帆，視線貪婪地黏著他不放，每個細節都不願意放過。

作為一個GAY，陳謹維是他想擁抱的菜，而這個男人是想被他擁抱的菜。

喔！他上下都可以，可以一起來嗎？

強尼色慾薰心，全表現在臉上了。

「維是我的！不准碰我的人！」宮帆咬牙切齒宣告，怒瞪對方，對上強尼色眯眯的視線，他簡直要爆炸。他怒道：「不准看！」

「我不介意三人行。」強尼紅著臉，害羞地說。

「我介意！」宮帆氣得整張臉都快扭曲了。

強尼卻還在陶醉。「就連生氣都好美。東方人太神奇了，怎能美成這樣？」

「哥，走開，別打擾我工作。」陳謹維拍拍宮帆的手臂，讓他放開自己。

「他要性騷擾你！」

「我不會讓他得逞。」陳謹維相當有自信，雖然強尼長得胖，但絕對不會是他的對手。他瘦歸瘦，武力值不會輸給富貴肥的強尼。

「不行！我不放心！」宮帆將陳謹維護得緊，瞪著再度伸手的強尼，以外文怒斥對方：「別過來！不准碰他！走開！」

強尼想騷擾的對象可不只陳謹維一個，他同樣被宮帆的美貌吸引，他抱持著被揍也好的心態，堅定地伸手，想摸摸宮帆——吃不到陳謹維的豆腐，吃新美人的豆腐也是賺了！

眼看強尼要碰到他們了，宮帆正想往後退，卻沒陳謹維出手來得快。

電光石火間，陳謹維單手突破宮帆的環抱，一把抓住強尼的鹹豬手。他瞪向強尼的目光有著冷冽的火焰，他的憤怒，帶著冰冷。

抖M的強尼被他這麼一瞪，瞬間達到高潮，站都站不穩，癱在地上，雙腳不自覺地顫抖，全身戰慄。

「這是我的人，想碰，沒門。滾，你這隻豬！」陳謹維冷聲責罵，甚至出言不遜。

強尼扭著屁股，雙手遮著自己的下體，簡直高潮不斷，他翻著白眼，呻吟讚嘆：

「好……好棒……」

陳謹維冷淡地丟開他的手，就像饒舌歌手丟掉他手中的麥克風，結束這一回合。

強尼的手被他抓得青青紫紫，短短幾秒鐘的握力，造成他手腕的嚴重瘀青，可見他用了多大的力氣。

宮帆意識到自己被陳謹維護住，還聽到那句他夢寐以求的霸道宣言，他在驚愕中回過神來，緊接著是煙火一般爆炸的喜悅，周圍散發出不同凡響的戀愛濃度。

把持不住想要表達情緒的宮帆，捧著陳謹維的臉，款款深情地凝望著他，抱持著紳士風度，開口詢問陳謹維一聲：「我能在這裡親吻你嗎？」

「不行。」陳謹維拒絕，他別開臉，刻意不看宮帆，怕自己被那雙會說話的眼睛吸引，進而答應對方的請求。

他抿嘴，鬆口：「回家再說。走吧。看來今天談不了正事。」

雖然沒有立刻同意他，卻允許他回家再說。宮帆很滿意，心花怒放，牽著陳謹維的手，準備帶人走。

越過強尼之前，陳謹維停了一下，用他的皮鞋尖頭，抬起強尼的頭，讓他看向自己。他居高臨下說道：「今天到此為止，協商改天再約。你好好等著，真惹毛我，我會弄死你。」

明明陳謹維是在放狠話，強尼卻一臉要二度高潮的快感模樣，意亂情迷中，他差點沒跪舔陳謹維的皮鞋。

原本客客氣氣談正事的陳謹維，切換開關後，化身為小惡魔，折磨他的信徒，用暴力與辱罵，以及冷言冷語。

這反差感，萌得人下腹疼。

完了，宮帆覺得自己隱約可以體會強尼的感受，他好像也快起反應了。

好想快點回家，撲倒小維。

宮帆緊貼陳謹維走路，兩人一前一後離開工廠。

上了車，宮帆已經忍不住情緒，撲向陳謹維，狠狠親吻對方。

陳謹維早預料到宮帆會有所表示，畢竟這是他第一次在外人面前光明正大地聲明兩人的關係，因此他不算太意外地承受對方激烈的親吻。

「維，我的小維，我好高興。」宮帆邊親邊說，開心地笑，親完嘴，還不過癮，將他的臉亂親一通，跟狗沒兩樣，弄得他滿臉口水。

這就有點噁心了。

陳謹維躲了幾下，躲不過，車上空間太小。

「能不能忍回家？」他皺眉，手推著對方的胸膛，作勢抵抗。

「不太能……」宮帆誠實表示：「打從聽到你告白後，我這裡就很有精神。」

他拉著陳謹維的手，摸向自己的下身，讓他親手感受他的雞！動！

「感覺到了嗎？他很想要你。」宮帆一臉蕩漾，色誘著陳謹維。

陳謹維看他這樣，心裡已經讓步，但還是掙扎幾句：「我不要在車裡做到最後，空間太小，不舒服。」

「那你幫我……用手弄出來。」宮帆提議。

「嗯……」

「還要吻我。」

宮帆的要求，陳謹維一一答應。宮帆從駕駛座爬到陳謹維的位置，跪坐在他膝蓋上，好方便他雙手動作，他伸手繞著陳謹維的肩，彎腰低頭跟他接吻。

陳謹維仰頭好好回應宮帆的吻，一手扶著男人的肩，一手摩挲著他的性器。宮帆的長髮凌亂地散在他們之間，一臉情動的媚態。

他突然有種倒錯的錯覺。好像宮帆是他的女人，而他正在服務他，用手逼得他快感連連。

這樣想想，還挺有感覺的。

陳謹維情緒有些激動，也不急著讓他得到滿足，而是放緩速度，好好欣賞此時受制於人的宮帆。

「怎麼不親了？」宮帆發現他停止親吻的動作，瞇著富含情慾的美目，疑惑地詢問陳謹維，盯著他的脣，還欲罷不能。

「你太好看，我看呆了。」陳謹維如實以告，伸舌舔吻宮帆的脣，向他致歉：「抱歉，我這次專心點。」

「沒關係，你喜歡最好。」宮帆縱容，享受他的讚美，再度與他脣舌交纏。

陳謹維被撩得不行，而對方終於在他手中射出，得到滿足。

宮帆一臉饜足地輕吻陳謹維幾下後，便自覺地退回駕駛座，發動引擎，開車回家。他滿心期待回到家的後續，車速難免快了些。

幸好此時段沒什麼車輛，一路通行順暢。

陳謹維還沒回過神來，他微微側身，目光放肆地直盯著駕車的宮帆。他讓宮帆得到滿足，自己跟著被撩起，卻被放置不管了。

他的欲求不滿，全寫在臉上。

他身上還沾到一些宮帆的體液，手沒擦，滿是黏稠又水狀的觸感。雖然宮帆情況沒好到哪去，褲子也沒穿好，凌亂得可以。

快點，回家，想做愛。

一個小時的車程，太漫長了。

宮帆開著車，喘著大氣，壓抑地開口：「小維，別看我了，我會忍不住的。」

「好。不看你，你好好開車。」陳謹維答應他，別過頭，看向窗外。

沒了陳謹維的緊迫盯人，宮帆一方面鬆了口氣，一方面又莫名地不滿意，他都搞不清楚自己到底是希望被小維盯著，還是別看的好。

他盡量將注意力放在眼前，專心開車。

陳謹維那方卻傳來脫褲子的聲音，他將褲子脫個徹底，連底褲都不留，下身光溜溜的，雙腿抬起，將膝蓋抵在副駕駛座的置物箱前，雙手扶著自己的性器，藉著宮帆留在他手中的體液，撫摸自己，連身後的小穴也不放過。

他熟練地揉著性器，用手指刺入自己後穴，摸索著那常被宮帆頂到的位置。

「嗯……」陳謹維摸著摸著，發出情不自禁的呻吟。

「你做什麼！你怎麼可以……我還在開車呢！」宮帆不敢置信地驚呼。他頻頻轉頭看向陳謹維，無意識地嚥下口水，只看幾眼他又被挑起慾望了。

可行進中他又不能停車，只能出聲大呼小叫。

「好好開你的車，不許看我。」陳謹維瞪他一眼，沒好氣地說。

「你！你就不能忍回家嗎？」宮帆焦急得咬牙切齒。

陳謹維用他剛才回答的話，回覆他：「……不太能。」

「該死的！最近的旅館在哪！」宮帆想放棄開車回家再繼續的想法，想在中途找個旅館休息。

「我不要在旅館做。那會讓我覺得我們的關係很廉價。」陳謹維冷聲說，垂眼，不看宮帆。

宮帆驚怕地回答：「當然不廉價！不去旅館，我們回家。我、我……我會忍耐。你別不看我。」

陳謹維這才抬眼，再次看向宮帆，凝視對方許久。

「肯讓我看你了？剛才還不准我看。」他沒意識到這句話含有多少埋怨的意思在其中。他就是想盯著宮帆，誰讓他長得好看？好的出身與教養，再加上好的皮相，讓人想目不轉睛地盯著看，是很自然的事。

更何況，他喜歡他。

「我錯了。」宮帆自覺理虧，誠心誠意道歉：「請你原諒我。」

陳謹維把宮帆當作配菜，邊盯著人邊動手安撫自己的性器。他咬著下脣，忍著聲音，悶哼一聲，在自己的手中釋放。

他收回視線，思緒有幾秒鐘的空白，看著手中混和了自己跟對方的體液發呆。

「不擦掉嗎？」宮帆分神，見他如此，出聲提問。他貼心地為他抽出幾張衛生紙，趁著紅綠燈的空檔，幫他擦手。

每根手指都擦乾淨了，最後男人不忘低頭親了下陳謹維可愛的小手指。

宮帆每次幫他擦手都會有親吻，這次也沒落下。

像是一種儀式。

「不覺得腥嗎？這可是剛摸過精液的手。」而且是兩人份的。陳謹維問他，見他毫無心理障礙，只用衛生紙擦拭過就親了。

「一想到是你的味道，就不覺得腥。其實我很想……」宮帆有個願望，一直很想實行，但陳謹維到目前還沒鬆口答應。

「不准。」陳謹維果斷拒絕。

「我甚至還沒說出口……」宮帆嘟囔，通車了，他又得專注在前方路況上。

陳謹維反駁他：「你這變態想做的事，我猜得到，無非是想喝我的精液。不行，我做不到。」

「是我喝又不是你喝，你只要在我口中射精……而且我想喝看看啊！」宮帆激動宣告，一點也不覺得這麼變態哪裡不好。

陳謹維再次重申：「不准喝！」

嚴厲拒絕。

宮帆安靜片刻，再度開口，他問：「我能問你一個問題嗎？剛才那個強尼，是你前任……金主嗎？」

「喔——你還挺敏銳的。」陳謹維慢悠悠地穿上內褲，逐漸恢復過來，回答他的問題，口氣依舊冷淡。

「真的是他！那隻該死的肥豬！竟敢覬覦你！」宮帆口出惡言，一想到他的寶貝曾經跟那樣的人在一起，簡直要氣壞了。

「不是他。雖然不是他，但跟他是差不多的類型。」

「到底是誰！最好別讓我遇到，否則我非要整得對方傾家蕩產！」宮帆一怒之下，將自己的真心話說出口了。

「真難看。嫉妒現任的前任實在太難看了。再說，我的金主都是在我窮困潦倒的時候接濟過我的人，對我很不錯。你要是害他們傾家蕩產，我會討厭你。」陳謹維慎重地說。

他知道宮帆要是真想瞭解，一定有法子能調查出來，他得先聲明清楚，免得造成他前任幾位金主的困擾。

宮帆停頓許久，難過地說：「你嫌棄我難看……」

「我剛說了這麼多話，你只聽進這句嗎？」陳謹維瞪他。

「你嫌我難看。一會說我好看，一會嫌我難看，你到底是怎麼看我的？」宮帆介意得不行，非要問個清楚。

他長這麼大，還沒被人嫌棄過外表。他知道自己外型占有絕對優勢，長得帥、有錢、懂得裝扮，還有品味。

如今被心上人嫌棄難看，對他的打擊太大了。

「這又不重要。」陳謹維無語。

「這很重要！」宮帆堅持，他回想起與陳謹維第一次見面的情況，驚訝地意識到一件事：「從我們見面的第一天，你就不覺得我好看！」

「胡扯，我當然覺得你好看。」陳謹維反駁他。他是鈍感沒錯，但他沒眼瞎，宮帆不論從哪個角度來看，絕對是好看的。

「但你沒對我神魂顛倒！其他人見到我都會被我的外貌電翻，但是你沒有，你當時非常鎮定地跟我打招呼。」宮帆堅定相信自己的猜測無誤，越是回想當時的情況，越加肯定。

「畢竟當時是工作的時間，就算我被你電翻，我總不能表現出來吧？」陳謹維解釋。

「怎麼不能！反倒是我，我一看見你，就認定你了。」宮帆呢喃：「我打從一開始就喜歡上你，註定要一敗塗地。」

聽了他的話，陳謹維理智斷線。

陳謹維猛地看向他，口氣特別差的問：「你哪裡一敗塗地了？我沒跟你在一起嗎？我們沒接過吻、做過愛嗎？你告訴我，你喜歡我，我也喜歡你，你輸在哪了？你還想怎樣？」煩躁。

宮帆挨了罵，卻傻傻地笑了起來。

「你笑什麼？」陳謹維怒問。

宮帆笑得收斂不起來，蕩漾地回答他：「你剛說了，你喜歡我，我也喜歡你。」

他一臉回味無窮的模樣。

「你不是早知道了嗎？有什麼好開心的。」而且這不是他剛才那段話的重點。陳謹維沒好氣地說。他再生氣，看男人這副愉快的傻樣，氣都消了泰半。

「但你不是每天都願意告白。所以我每次聽到，就像第一次聽到一樣開心。」宮帆理所當然地說，勾著嘴角，心情好極了。今天肯定是他的幸運日。

「傻不傻啊你。」陳謹維搖頭，一副受不了他的模樣。

「我愛你喔。」宮帆回應他的告白，喜歡已經不能表達他的心情，這份感情已經進化到愛了。

神經病。陳謹維掃他一眼，撿起自己未穿的褲子丟到宮帆身上，怒道：「專心開車！」

「好的，親愛的。」宮帆應答。他順手撿起砸到自己身上的褲子，對著褲襠用力吸了口，聞陳謹維的體味。

對此，陳謹維無言以對，他以手背遮臉，不去看身旁把變態兩個字發揮到極致的宮帆，眼不見為淨。

原本一個小時的車程，他們花了四十幾分就抵達。

好不容易回到宮帆的家，車子停下，陳謹維想拿回自己的褲子，宮帆卻不肯還給他。

「你幹麼？」陳謹維疑惑。

宮帆曖昧一笑，帶走陳謹維的褲子，開門下車，繞到副駕駛座，為他開啟車門，向他伸出雙手，做出「來吧」的姿勢。

「褲子還我。」陳謹維沒下車的意思，他伸手向前，想抽回自己的褲子。

宮帆隨手將褲子丟到車裡頭，接著彎腰半個身子探進車內，順著陳謹維伸手的動作，將他一把抱出車外。

「你幹麼！」陳謹維訝異，他雙腿無支撐，下意識地夾著宮帆的腰，避免掉下去，雙手呈現攬抱的狀態，抱著宮帆，和他面對面。

「帶你下車。」宮帆一個前傾，親陳謹維一下。

只穿上內褲的陳謹維瞪著他。「我沒穿褲子。」

「我知道。我會幫你遮掩。」宮帆雙手大掌捧著陳謹維的屁股，咧嘴笑著，特別欠揍的模樣。

「你打算這樣進屋？」陳謹維抓著宮帆的長髮，拉得他往後仰，迎視自己生氣的目光。

「沒錯，我的維他命，我打算就這樣抱著你，帶你到主臥室的大床上。」宮帆刻意裝作不穩，逼陳謹維不得不抱緊他。

「小心點。」陳謹維抱緊人，提醒一句。

「嗯，小心點，你記得抱緊我了。」宮帆得逞地笑著。

簡直可惡。陳謹維瞪他一眼，隨後把自己的臉埋在宮帆肩膀，身體放鬆許多，不那麼僵硬了。

「你想怎樣就怎樣吧。反正我沒臉見人，我就這樣躲著。」陳謹維悶聲說，堅決不露臉。

宮帆笑聲不斷，踩著穩健的腳步，抱著他，一路走進屋內。

「宮先生、陳先生，歡迎回來。」管家向兩位打聲招呼。

「今天別來打擾我們，午餐、晚餐記得放到二樓門邊。」宮帆向他交代。

陳謹維將臉埋得更緊，鴕鳥心態，不看不聽不回應。

「好的，先生。」管家應是，鞠躬，送他們上樓。

等上了樓，陳謹維才抬起頭，對著宮帆的臉就啃，宣洩憤怒，氣道：「他肯定知道我們要做什麼了！」

「我們是一對，這是很天經地義的事。」

「不知廉恥。」

「自己家不需要講究這套。」

宮帆流利應答，下流得光明正大。

陳謹維鬆口，看著自己的牙印清晰地留在宮帆臉上，頓時後悔了。竟然在這張漂亮的臉蛋上留下紅印，不知道對方會不會痛，他伸舌舔了舔牙印的位置。

不料，引來宮帆一聲呻吟。

「很痛嗎？」陳謹維緊張詢問，有著做錯事的心虛，向他道歉：「對不起。」

「不，不是這樣的。」宮帆不知道從何解釋，他雙手托著陳謹維的屁股，下放一些，讓他感受自己下身的變化。他貼著陳謹維的耳朵說話：「你剛才舔我，讓我起來了。」

宮帆壓低聲音，磁性嗓音在他耳邊響起，震得陳謹維肩膀一縮，他側頭看向宮帆，他的臉染上一抹情慾的紅豔，淺色的眼深沉，低垂著回應他的視線。

陳謹維很熟悉他這副表情，情色誘人，害他被勾起情慾。

「你好色。」陳謹維陳述，雙腿夾緊了宮帆的腰。「這張臉太犯規了。」

「謝謝誇獎。」宮帆始終注意著陳謹維，深知對方被自己誘惑了，兩人之間自然而然地有了相愛的氣氛。他空出一隻手，打開主臥室大門，抱著人往床的方向走去。

陳謹維躺上床，放鬆身體，等著。

剛才兩人在車上荒唐過，雙方皆是衣衫不整的模樣。

宮帆上衣凌亂、半截露在外頭，褲頭拉鍊沒帶上，勃起的性器微微頂出。

陳謹維的襯衫上頭沾著點點濁白，底下僅有一件緊身四角褲，少年般的纖細雙腿，向宮帆無防備地展開。

宮帆愛死他這副模樣，他低下身，虔誠地抬起陳謹維的右腳，一點一點親吻他的腳趾、腳踝、小腿、膝蓋。

陳謹維原本不習慣宮帆的癖好，對方總愛親遍他的身體，從頭到尾，從手指到腳趾，無一疏漏。

然而每次宮帆都要親上一回，久而久之陳謹維也習慣了。

陳謹維任由他親舔，被舔習慣了，身體自然適應，甚至會因此興奮起來，他雙手探入自己的底褲，撫摸自己漸硬的性器。

宮帆為他拉下內褲，親吻他的大腿根處，最後青睞他硬挺的性器。

陳謹維雙手改揉著宮帆的腦袋，瞇眼，盯著他動作，看他將自己的東西吞入口中，細細舔著。

「我想要——」宮帆不死心地開口，再次徵求他的意願。

陳謹維不讓宮帆的話說完，打斷他，一口拒絕：「不可以。」

「射在嘴裡，更舒服。」宮帆試著說服他。

雖然聽起來很誘人，但陳謹維不被動搖。

「不行。」陳謹維依然拒絕。

「為什麼……」宮帆難受，吸吮得更用力了。

強勁的吸力讓陳謹維倒抽口氣，差那麼一點，就在他口中交代出來。

「哥！不要！」他拉著宮帆的頭髮，逼他往後仰頭，避開。但他動作稍慢了點，一股一股地射全在了宮帆臉上。

宮帆臉上沾著陳謹維的體液，搭上他情慾迷濛的神情，情色到極致。

陳謹維瞪著他，說不清現在的情緒是生氣還是懊惱居多。他坐起，曲著腳，瞪著趴在自己身下的宮帆，手中怒抓對方的頭髮。

宮帆不怕他暴力拉扯，沉迷在被陳謹維射一臉精液的愉悅感中，他伸出舌頭，要舔嘴角的體液。

「不准舔！」陳謹維阻止他。他放開宮帆的頭髮，單手四指捧著他的臉，拇指則塞進他的嘴，壓制他的舌頭，不許他舔上嘴角。

宮帆含著陳謹維的拇指，以舌頭挑逗他，含糊地出聲：「維……我的維，想做……讓我做……」

他的意圖明顯，儘管在力量上有著絕對優勢，卻請求陳謹維的應許，彷彿處於弱勢。太煩人。

陳謹維惱怒中帶了點縱容，彎腰，低頭，向他湊去，拇指還塞在宮帆的口裡，以這樣的狀態伸舌親吻他。

兩人貼得近，無可避免地，陳謹維臉上也沾到了自己的精液，鼻息間全是性愛的氣味。一個纏綿的親吻結束，雙方意亂情迷。陳謹維垂眼盯著宮帆的脣，紅豔水潤，那是他造成的傑作。宮帆也同樣注視著他。

「我愛你。」宮帆脫口而出愛語。

剛交往時的陳謹維聽了恐怕會覺得掃興，現在的他聽多了，竟然也習慣了，宮帆表達愛意的方式看似膚淺，卻意外地認真。

「我知道。」陳謹維回應。

宮帆不介意他沒回應同樣的愛語，他的小維不走坦率路線，彆扭不直接跟帶點冷淡的性格都讓他覺得可愛。

「我想做。」他又一次向陳謹維提出要求。

陳謹維看向他已經蠢蠢欲動的下身，小聲呢喃：「我又沒阻止你……已經大成這樣，你還能忍嗎？」

他有點擔心。

「我忍得住。我知道你怕痛。」宮帆親了口陳謹維，特別自豪地說：「我會好好地幫你擴張，等到你適應了，再慢慢進入你的身體。讓你為我完全張開，接納我的……」

關於忍著性慾開拓陳謹維身體這點，他非常有自信，而且樂在其中。

陳謹維沉默片刻，拉扯宮帆的長髮，用生氣來掩飾自己猛然升起的羞恥心，怒道：「你真的太色了！」

宮帆被人扯著頭髮，還能一邊笑著，一邊撲向陳謹維，撫摸他的身體。他不得不承認陳謹維的指控，他可能真的很色又變態，但對象只針對他的小維。

陳謹維的身體讓他愛不釋手，想要親吻這個可愛的肚臍，想要舔他更深處的地方，想要喝下他的精液，想要對他做更多更過分的事。

在陳謹維面前，他不再是什麼天驕之子，他只是一個愛慘對方的可悲男子。

萬幸，陳謹維願意回應他的感情。

感謝上帝。

第九章

由於陳謹維親自出馬，原本很難談的問題，迎刃而解，強尼的刁難全為見偶像一面，公器私用非常徹底。

宮帆對此表示，他雖然不能認同強尼自私的做法，但他能理解強尼的心意。

陳謹維聽了，用複雜的眼神盯著男人許久。他心想，在說些什麼呢？你們明明同一掛。想當初宮帆一樣是公器私用，還寫了五條莫名其妙的助理工作事項給他。

總而言之，國外的事件處理得差不多，他們準備收拾行李，下週一回國。

強尼得知陳謹維要離開了，他差點沒在工廠中跪地抱住他的大腿，哭求寶貝別走。

陳謹維為了安撫強尼的情緒，答應他回國前可以辦一場歡送會。

陳謹維在工作方面是個不太喜歡應酬的人，所有接觸過他，跟他工作過的人都知道。因此這一頓離別前的餐聚，完全可以用捨身成仁來形容。

強尼感動到在工廠內大哭，那眼淚跟不要錢似的直掉。

宮帆在場，他抱著陳謹維，護食一般，準備擋開隨時可能撲上來的強尼。打從他知道強尼是陳謹維的粉絲後，他就堅持跟著陳謹維上天下地，不給對方任何機會接觸到他，做免費的貼身保鑣。

真的是非常貼身的貼身保鑣，他恨不得能整個人跟陳謹維黏在一起。

對此，陳謹維已經習慣成無感，隨宮帆開心。

陳謹維向強尼丟出一句：「地點隨你訂，必須不菸不酒，其他無所謂。簡訊發給我，晚點見。」

乾脆俐落，沒有半句廢話。話一說完，他轉身就走，連個施捨的目光都沒有給痛哭流涕的強尼。

強尼留在原地就差沒感謝主感謝上帝，目送那兩人走遠。他趕緊聯繫餐廳，聯繫其他同為陳謹維粉絲團的成員們，要辦一場盛大的歡送會。

下午四點，強尼通知陳謹維已經訂好餐廳，到場人除了他以外，還有其他合作廠商。說好聽點是合作廠商，實際上都是些迷戀陳謹維的叔叔伯伯粉絲。

陳謹維知道這頓飯的性質，他在心中無聲嘆息，答應好了，隨他們安排，這一切都是為了未來合作愉快，必須給粉絲發放一點福利，一次飯局大約可以換來一年半載的支援。划算。

宮帆從陳謹維的口中得知餐廳地點，露出微妙的表情。

「有什麼問題嗎？」陳謹維見他表情古怪，直問。

「不，沒什麼。只是，那間店是我家的產業，我也滿常光顧的，要不要我先去打點一下？」宮帆好心提醒。

陳謹維以為他又炫富，這人炫富的時候，自己都沒意識到。他反駁：「沒什麼好打點的吧？你只是個陪客，別做多餘的事。」

「好吧，既然你這麼說。」宮帆點頭，不做多餘的事。

晚間六點半。

陳謹維作為主角，晚了三十分鐘才抵達。這三十分鐘並不是他刻意遲到，而是強尼堅持要他們晚半個小時到場，因為他們粉絲團的人要先集合，給他一個盛大的歡迎。

陳謹維對盛大歡迎沒有半點興趣，但還是好心配合他們的安排。

出門前的裝扮由宮帆一手操刀，為兩人穿上同一套的暗紅色絨質西裝外套，內搭一件單色T恤，一黑一灰，配件以一金一銀兩色為主，下身簡單的深色休閒褲，同款真皮機械男錶，特別亮眼，情侶感十足。

特地挑暗紅色的外套，為的是他骨子裡的中式傳統，效仿喜服，要紅，但得顯得低調。

對此，陳謹維只表示：悶騷。

兩人抵達餐廳，剛進門，正要往強尼訂位的包廂走去——

「宮先生！歡迎大駕，兩個人用餐嗎？要帶到您專用的包廂嗎？」經理大步向他們走來，跟宮帆打聲招呼，也不忘向陳謹維點頭行禮。

陳謹維點頭回應。

「不用，今天是參加朋友的歡送會。」宮帆笑著婉拒。

「歡送會……啊！難道說是玫瑰廳的客人！要不我請人開別的廳給你們？我們最大的廳現在空著，隨時可以使用。」經理急著想安排，就怕怠慢了宮帆的朋友。

「不用，我今天只是陪客。我先上去了，他們還在等著。」宮帆手攬著陳謹維，跟對方示意他們還趕著和人會合。

經理誠惶誠恐，帶他們前往玫瑰廳，一路送到廳門前，為兩人開啟包廂廳門，等兩位走進包廂才關門離開。宮帆與陳謹維一進入玫瑰廳，吹笛聲與手炮便響起，彩帶落在他們兩人頭上，其中還有真玫瑰花瓣。

「歡迎！維！我們的維！嗚嗚嗚……」

熱鬧的歡迎聲最終以哭泣聲作收，幾位大叔抱成一團，哭了起來。真心喜歡陳謹維，真心捨不得他又要離開這個國度，更加沒辦法接受的是，他們的偶像居然有伴了。

宮帆為陳謹維整理身上的彩帶與花瓣，接著看這群叔叔伯伯粉絲團痛哭流涕。

作為一個喜歡陳謹維的人，他多多少少有些同情他們，但他有自信，對陳謹維的喜歡，絕對不會輸給他們任何一位。

對於獨占他們的偶像，他一點心理壓力都沒有。

宮帆無意識地抱緊處理。他雙手環抱著陳謹維，示威般，這是我的人，不准靠近他。

陳謹維推開宮帆的手，走向包廂中的主位，心安理得地坐下，對著痛哭的粉絲團成員說道：「別哭了。快坐下。用餐。我餓了。」

陳謹維的我餓了，是最好的命令式。

所有人聽話地就定位，各回各的位置。就連宮帆也受制於他那一句我餓了的咒語，順從地在他身旁的位置坐下。

強尼為了陳謹維貼心地訂了有包廂的中式餐廳，部分菜品已經上桌，冒著熱騰騰的煙，誘人食指大動。

宮帆為陳謹維盛碗羹湯，讓他先暖暖胃。

其他的菜陸續端上桌，強尼他們先點的菜式已經送得差不多了，服務生卻沒有停止送餐的跡象，多送了好幾盤菜品上來。

這餐廳可貴了，多送這幾道菜，就快要超出他們的預算。強尼起身，緊張地詢問服務生，從對方口中得知，是經理吩咐的特別招待，請宮先生的朋友們享用。

強尼問完，一臉呆傻樣，幾人湊過去問他怎麼回事，他將自己剛才從服務生口中問出的答案重複一次。

這下，其他人也呆傻了。

這餐廳就連預約都採會員制，平時是一位難求，若不是他們之中有人將宴客的預約挪用出來給他們開歡送會，他們根本訂不到包廂。如今，餐廳竟然看在宮先生的分上，多送了好幾道菜過來。

肯定非富即貴，而且跟他們是完全不同的等級。

從頭到尾被忽視得徹底的宮帆，終於被這群人正視了。偶像陳謹維帶來的男伴，長得精緻漂亮，一頭長髮，高又挺拔，氣宇非凡，跟陳謹維差不多的打扮，無處不彰顯兩人是一對的事實。

眾人面面相覷後，由強尼作為代表，提心吊膽地詢問陳謹維：「維，你身旁這位是什麼來頭？」

陳謹維停下給宮帆剝蝦的動作，抬頭看向強尼，見他一臉緊張，不清楚他所問何事，倒是直言不諱：「我男朋友。」

宮帆聽聞微微一笑，比花還燦爛。

「我知道，我是問他是什麼人物，為什麼餐廳經理要多送好幾道菜給他？」強尼自以為壓低聲音詢問，實際上大夥都聽見了他的聲音。

陳謹維轉頭看向笑成花的宮帆，塞一隻蝦進他嘴裡。「你說要提前打點，是要讓他們別跟皇帝出巡一樣恭迎你嗎？」

宮帆邊點頭邊品嘗陳謹維塞的蝦，身心靈幸福得可以。

陳謹維心想，早知如此，他當初應該放宮帆提前去打招呼，要餐廳的人低調點。

「他是宮氏集團的繼承人。」陳謹維解釋，但不確定地問：「不知道你們有沒有聽過宮氏。」

「宮氏……」

粉絲團一度禁聲，靜默片刻，不知道是誰起的頭，放聲尖叫，一個接一個，全失態了。

幸虧這裡的隔音設備好，叫成這樣，服務生也沒來警告一聲——也可能是不敢過來。

「我的天！維跟宮氏的繼承人在一起！偶像跟王子在一起了！啊啊啊啊！」

「啊啊啊啊！」

又是一陣尖叫聲。

可比開演唱會。

陳謹維聽得頭痛，宮帆貼心地為他捂住耳朵，擋掉大部分的噪音。

宮帆含笑面對粉絲團的尖叫，表情愉快中帶點得意，欣賞這群叔叔伯伯們的崩潰。

他心裡想著，羨慕吧，痛苦吧，陳謹維是我的，我的維他命。

服務生送新菜品上來時，被一室的尖叫聲嚇停了動作，面露難色，站在原地進退兩難。

「有人來了！冷靜點！」

有人喊了一聲，其他人頓時安靜下來，齊齊看向站在門口的服務生。

服務生如夢初醒，向眾人點頭，推著餐車進入，將一甕羊肉湯端上桌，並且為眾人各盛上一碗。

羊肉湯以高粱作為湯底，儘管熬了多時，依舊酒香四溢。

陳謹維一連喝了兩大碗，肉也吃下不少，差不多飽了。

他放下碗筷，休息片刻，看向終於安分下來的叔叔伯伯們。

「維，你吃得差不多，我看我們應該可以到下一個環節……」強尼開口，羞澀又扭捏地說話。

「下個環節？」宮帆疑惑，難道說要換別的地方續攤？

只見粉絲團群體起立，站成一排，以強尼打頭，排隊，在陳謹維身邊等候。陳謹維似乎很清楚流程，他將手擦乾淨了，椅子轉向，面對排隊的人群。

「來吧。」陳謹維點頭，向強尼招手。

強尼上前，單膝下跪，握手，親吻陳謹維的手背，並且將自己帶來的禮物奉上。

宮帆仔細一看，每位大叔都帶著一袋禮物。

不可思議。

雖然他早知道陳謹維對年長的叔叔阿姨很有一套，但他從未料想過這場面。他認真回想，家裡的李叔跟劉嬸，不也是陳謹維的俘虜嗎？

厲害。

宮帆再一次見識到陳謹維的魅力，就連他自己也是臣服陳謹維的其中之一。

然而，他比這些人好得多，因為陳謹維是他的人。

官方認可！

宮帆思及此，忍不住得意起來，帶著慈愛與包容的眼神，望向粉絲團的叔叔伯伯們，站在陳謹維身後，偶爾出聲維持秩序，讓他們每個人享有五分鐘與陳謹維交談的時間。

真．偶像見面握手會。

別看陳謹維性格雖然冷淡，但他面對這群叔叔伯伯粉絲團，卻願意花上比平時更多的耐心。

他不厭其煩地與每一位粉絲握手，且誠意十足地握得緊實，接著向對方噓寒問暖，搭配他營業式的微笑，就算是社交辭令，也是用誠懇的語氣道出，用心聽著對方的話，並且給予回應。

每個人在接觸過後，全心滿意足地離開，輪下一位和陳謹維說話。

有的人感動得哭了，有的人摸著自己的手，感慨今明兩天都不洗手了，有的人站在一旁用敵意的目光瞪著宮帆，有的人含淚對宮帆交代要好好對待他們的維，否則就算他是宮氏的繼承人，也絕對不會放過他。

然而，他們心裡清楚，就算將在場所有人的資源集合起來，恐怕都撼動不了宮氏一絲一毫。

他們的偶像怎麼就找了這麼個厲害的人物在一起了，好怕偶像受傷害。嗚嗚嗚。有人哭得更厲害了。

陳謹維握完所有人的手，一手的汗，也不知道是他自己流出的，還是誰緊張到手心流出汗水。他隨意擦手，跟所有人道別。

「謝謝大家今天抽空來見我，過幾天我就要回國了。以後若是有合作的機會，還請各位多擔待。今晚的單，就讓我男友結吧。各位都散了吧。注意行車安全。」陳謹維發話，宣布歡送會結束。

他站起身，伸手牽著身後的宮帆，站在玫瑰廳的門口，一一送客。

粉絲團的叔叔伯伯再依依不捨，也只能聽話地含淚離開。

強尼是最後離開的人，他也哭得最慘。好不容易才能跟陳謹維見上一面，以後還不知道有沒有機會。

「強尼，你下次再要小手段逼我回來，我會討厭你。」陳謹維直白地說。

「不！」強尼情緒瞬間崩潰。

「我以後盡量固定半年回來一次，不准你再作怪。你能跟我保證嗎？」陳謹維不是不通情理的人，他在強尼崩潰倒地前，將話說清楚。

聽聞，強尼喜出望外，頻頻答應他，再三保證他絕對不會再作怪，高高興興地離開了。

「你哄人很有一套嘛。」宮帆全程看在眼底，語氣湧上一絲酸意，小聲呢喃：「偏偏不太哄我。」

「你和他們不一樣。」陳謹維反駁。

宮帆一副要笑但硬生生忍住的表情，他聽了陳謹維的話心裡高興，但是他又想裝作不開心，想再多聽幾句好聽話。

「你不覺得我們兩個站在門邊送客，很像男主人與女主人嗎？」陳謹維刻意將男主人指向自己，女主人指向他。

他雖然矮，但是一頭短髮，跟長髮的宮帆相比，應該更可以勝任男主人這個稱呼。

宮帆心裡甜蜜，臉部表情繃不住了，抿著嘴，忍耐半天，憋出一句：「我買單，我才是男主人。」

陳謹維抬眼掃他一眼，嘲諷地笑。「你高興就好。走了。」

語畢，他走回座位，將粉絲團送的禮物帶走，裡頭不少玩偶類的禮物，體積不小。單憑陳謹維一人拿不了，宮帆接過大部分的禮物，替他分擔重量。

陳謹維抱著一隻30×30公分大小的飛鼠玩偶，走出玫瑰廳，和宮帆前往櫃檯。

儘管已經是二十幾歲的大人，但他少年感十足，即使抱著不合年齡的玩偶，也沒半點違和感，且非常相配，他本人比玩偶還要可愛上百倍。

宮帆悄悄拿出手機，趁人不備，連續偷拍好幾張抱著飛鼠玩偶的陳謹維，萌到膽寒，他要選一張特別好的照片當手機待機畫面。

兩人尚未走至櫃檯，經理已急急忙忙迎向他們，想給他們免單。宮帆笑著婉拒，他結了帳，拿出卡，讓人家處理。

兩人在櫃檯前待了一會，經理親自處理帳單，一邊還分點心思和他們聊天，戰戰兢兢地詢問服務跟餐點滿不滿意，有沒有需要他們改進的地方。

宮帆表示一切都很滿意，簽了名，收回卡，牽著陳謹維的手離開餐廳。

如今，他們牽手走在大街上也變成很自然的一件事。

陳謹維盯著兩人相牽的手好一會，再看向走在前頭的宮帆背影，最後將偷偷地臉埋進飛鼠玩偶，露出一個真心實意的笑。

突如其來的幸福感。

走到停車的位置，宮帆解了車鎖，將禮物放置後座，讓陳謹維先上車。

路上，宮帆與陳謹維聊天，他談起粉絲團的叔叔伯伯們，自認很能明白粉絲團的心情，他們一樣是重度迷戀陳謹維的可悲男子。

這話陳謹維不愛聽，他頭靠在飛鼠玩偶身上，佯裝閉眼休息。

當晚，羊肉湯的酒意與藥效發揮作用，陳謹維感覺身體異常躁熱。

他跨進房間，邊走邊一件一件脫掉衣褲，煩躁地喊著：

「好熱。」

明明開著空調，室溫維持在最佳溫度20度。他卻覺得好像處於台灣的夏天，熱得直冒汗。

他一件不留，赤身裸體撲向雙人大床，床被冰涼的觸感減緩他此刻體內的熱意。

宮帆跟在他後頭，撿起他散落的衣物，堆到一旁，緊張地說：「你怎麼全脫了，這樣會著涼的。」

他趕緊拿出睡衣，要幫陳謹維換穿上。

陳謹維猛地坐起身，拍開宮帆的手，將睡衣打到地板上。他撲向宮帆，雙手繞過宮帆的脖頸，雙腳於他身後交叉，四肢抱住人，瞇眼盯著宮帆的臉。

長得真是漂亮。明明是男人。

「怎麼了？」宮帆被他盯得很緊張，通常他用這種眼神看人，就是要做壞事的時候。他是既緊張又隱隱地期待。

「你長得真好看。」

「謝謝，你也很好看。」宮帆被他稱讚，竟然羞紅了臉。

陳謹維宣告：「決定了！我要跟你做愛！」

「啊？」宮帆萬萬沒有想到，大大地愣住。

「你不願意？」陳謹維臉一沉，瞪向他。

「願意！當然願意！」宮帆激動地表示，手摟上陳謹維的腰，怕眼前的大好機會轉眼溜走。

「很好。去躺床上。」陳謹維鬆開擁抱，從宮帆的身上退開，爬到床中，拍拍床鋪，讓他過來。

宮帆看著赤裸的陳謹維爬行到床中，那股間的陰影彷彿在勾引他，他喉嚨莫名地乾渴。

他聽話地靠近，不忘脫掉身上的外套。

「不准脫！」陳謹維阻止他。

宮帆為難地問：「不脫怎麼做？」

「我幫你脫。你只需要躺著別動。」陳謹維又一次拍床，催促他快點。

宮帆心跳飛快，按照他的指令躺好，滿眼期待。

陳謹維不慌不忙地爬到他身上，不急著幫他脫衣服，而是東摸摸西摸摸，摸頭髮摸臉摸耳朵，隔著衣服摸胸摸肌肉。

「維……我想要了……」宮帆被摸到上火了，已經身心靈都進入狀態。

「我也想要。」陳謹維附和他，整個人趴在他身上。他說話時，一口羊肉湯的酒氣噴灑在宮帆臉上。

然後，他就睡著了。

「維？小維？」宮帆一臉錯愕。

宮帆低頭仔細觀察，發現陳謹維已陷入熟睡。

他全身沒力，嘆一口無可奈何的長氣，連性慾都消退許多。

實在是拿他沒轍……

他小心翼翼地起身，進浴室擰了條溼毛巾出來，為陳謹維清理的身體，每一寸肌膚都好好擦乾淨，順勢親遍他全身。

宮帆幫陳謹維擦完澡，又進浴室處理自己半勃起的問題。

陳謹維悠悠睡醒，酒意稍退許多，他聽見浴室有聲音，自己則裸體躺在大床上，身體沒有做完愛的感受，皮膚還有一點乾爽滑順，意識到自己被擦過澡了。他大概猜得到剛才發生什麼事。

虧他忍得住。陳謹維不禁佩服宮帆的意志力。就算是小惡魔般性格的陳謹維，也有些罪惡感了。

他果然是被宮帆愛著的。

他翻身，拆起叔叔伯伯送他的禮物，其中有一組高級手工酒心巧克力被他粗暴地打開，精緻包裝如浮雲，凌亂地擺在床上。

宮帆走出浴室，看到毫不遮掩身體的陳謹維正要含入一顆造型精緻的巧克力，下意識地嚥下口水，彷彿吃到了那巧克力一般。

他上床，俯身親吻陳謹維，品嘗他口中巧克力的味道。

濃郁酒香與極致的甜味，隨著快速融化的巧克力混合一起。

「好吃嗎？」陳謹維問他，自己舔了舔牙，回味無窮。

「好吃。不知道是你好吃，還是巧克力好吃。」宮帆甜言蜜語一番，不過說的也是他的真心。

陳謹維哼笑：「噁心。」

話雖這麼說，他又拆了一顆巧克力來吃，然後看向宮帆，那副眼神像是在邀請他再來分食一次。

宮帆自然被他誘惑，又一次親吻他。

這次陳謹維主動了些，纏繞著他的舌尖，不放他走，伸手揉著他的髮，給他一個稍微激烈的親吻。

結束這一吻，兩人眼神都有些迷離。

「哥，我覺得我今天有點醉了。」陳謹維貼著宮帆的鼻尖說話，時而舔舔他的鼻根，時而含住鼻尖。

「嗯……」宮帆垂著眼，盯著他看，雙手摸著陳謹維的身體，愛不釋手。

剛才兩人已經釋放過了，現在僅是溫存，不帶更多的欲求，僅是溫存。

「哥。」陳謹維又喊他。

「嗯？」宮帆回應他。

然而，陳謹維喊了他之後，許久沒有下文。

宮帆將床上的巧克力放到地上，抱著人的腰進被窩，他將頭擱在陳謹維肩膀上，調整成最佳的姿勢，準備睡了。

他閉上眼睛，才聽見陳謹維用近乎是呢喃的聲音告白。

「我愛你。」陳謹維背對著宮帆，這個方向最好，不用看著宮帆，他好像比較能說得出口。

嗯？

宮帆一愣，他聽見了，但他懷疑自己的耳朵，遲疑半秒，反應過來。他猛地坐起身，掀開身上的被子，握著陳謹維的肩膀，讓人面對自己。

「你說什麼？再說一次！」宮帆睜大眼睛，不敢置信地向他確認。

陳謹維雙手遮臉，不太想面對宮帆，他一直不願意開口，就是怕他太燦爛。

「小維，你看著我說。」宮帆拉扯他的手，想把他遮住自己臉部的手拉開。

陳謹維力量不敵宮帆，被拉開手，雙手被壓制在兩側，他瞪著宮帆，不太情願的模樣。

「再跟我說一次，拜託。我想聽。」宮帆俯身，蹭了蹭陳謹維的臉，先武力壓制，再跟他撒嬌討好。

「你先放開我的手。」陳謹維要求。

「那你不要遮住臉。」

「……好。」

「還要再次跟我告白。」

「知道了。快放手！」

宮帆討價還價完畢，嘻笑地放開手，滿心期待陳謹維的告白。

山不轉路轉，陳謹維答應他不遮臉，但他沒答應宮帆不能抱住對方。陳謹維用力抱住男人，這個姿勢，宮帆看不到自己的表情。

接下來的話，他比較好講得出口。

「宮帆，你仔細聽清楚了。我從來沒把你當作那些愛慕者來看待，你跟那些人不一樣，你不是粉絲團的一員，也不是迷戀我的可悲男子，你是我認可的男朋友。你不要太妄自菲薄了。我很珍惜你，我不想勉強你做一些骯髒的事情，儘管你總是出人意料的提出一些很下流的要求。我不是不願配合，只是不想把你弄髒。我喜歡你，我愛你，以後我們在一起的日子，你會聽到更多的愛語，不過要看我當天的心情。你明白了嗎？」陳謹維用長串的告白，跟他攤牌，把話說清楚。

宮帆聽完了話，沉默很久，才回答他：「明白了。」

「哥，你是宮六，宮家第六代，你明明可以更有自信一點。相信我，你就算不用人格魅力，用金錢跟地位也能動搖我，最不濟也能成為我第四任金主。」陳謹維打趣地道：「雖然我已經金盆洗手。」

「怎麼辦，我現在好想哭。」宮帆還沉浸在剛才的告白之中。

「不准哭。」陳謹維摸摸他柔順的長髮，像在安撫孩子一般。

「要是哪天你不要我，又不准我包養你，我該怎麼辦？」宮帆光是想就徬徨，莫名其妙地感到害怕。

荒謬。

「這應該是我才要煩惱的問題吧？」陳謹維奇怪他怎麼會想這些沒意義的事。

「我調查過你前幾任金主……」宮帆悶悶地說，畢竟調查愛人的隱私這種事不太光彩，他沒臉對著陳謹維說。

「你調查我？」陳謹維意外，但又好像沒那麼意外。或許是有錢人的通病，總喜歡把人家的底細弄得清清楚楚。

「因為我很在意——我、我沒有細查你的金主是誰，只是知道個大概，想知道你們怎麼開始、怎麼結束……」宮帆心虛地解釋。

「從金錢交易開始，合約到期結束。你大可以問我。儘管不光彩，但我不會瞞著你。」陳謹維坦然面對，沒有遮掩。打從決定在一起的時候，他就已經向宮帆坦承過了。

「我、我不敢問，我怕你有留戀。」宮帆介意得要死，擔心自己要是提起他過往的金主，會看到陳謹維念念不忘的模樣。

陳謹維無聲嘆口氣，解釋：「情面是有，但那不是愛情。」

「我知道他們之中有人不想結束關係，開了高價，也喚不回你。就算有錢，也買不回你。你……你明白我的意思嗎？」宮帆糾結地說，儘管陳謹維口口聲聲說用錢可以打動他，但是從他調查過的資料來看，根本不是這麼一回事。

林茂軒當初開出的條件，還不如他金主給的金額，但陳謹維依舊毅然決然結束跟金主的關係，跟林茂軒走了。

他擔心有天陳謹維對自己沒興趣了，他又不能用錢打動他時，他……他沒有自信能用人格魅力喚回對方的心。

越想越沒有自信，宮帆抱緊了陳謹維，無法抑制心裡的不安。

「不然，我們簽個分手合約吧。我提分手的話，你還是可以包養我，但你提分手的話，要給我一筆鉅額的分手費。」

好瞎的主意。陳謹維說完，覺得荒唐，哼笑出聲。

「……這個主意不錯。」

然而，宮帆居然贊同了他的提議。

陳謹維笑不出聲了。

「我回去後，讓律師擬個草案，細節可以再談。」宮帆抬頭看向陳謹維，認真說道，把他的話當一回事了。

這人腦子有洞！陳謹維太無語了。

「我要睡了。」陳謹維雙手遮臉，不想理會他了。

「先別睡。我們可以再聊聊合約的事。」宮帆興致高昂，坐起身。不僅如此，還拉著陳謹維陪他。

陳謹維抵死不從，遮臉閉眼睛，堅持要睡。

「小維醒醒，別睡了。你覺得我要不要給律師打個電話，問問他的意見？」宮帆拿起他的手機，翻找他專屬律師的號碼。

陳謹維猛地坐起，一掌打掉宮帆的手機。在他那張面無表情的臉上，能察覺到洶湧的火氣。

「怎麼了？」宮帆疑惑地看向陳謹維。

「都幾點了，你打什麼電話！」

「沒關係，他們現在是工作時間。」

「今天是假日！」

「我律師二十四小時全年無休待機。」宮帆邊解釋，邊撿起手機，鍥而不捨地找電話。

陳謹維單手蓋住他的手機，怒道：「不准打！」

「可是我覺得合約的事，應該得有個專業人士指導。」宮帆一本正經地說。

陳謹維做了個深呼吸，忍耐。

有錢人的思維跟他正常人思維不一樣。

「我要睡了。你睡不睡？」陳謹維問他。

「再等一會吧……」宮帆捨不得睡，他現在靈感大爆發，很想把腦中的草案雛型記錄下來。

陳謹維雙手壓住宮帆的肩膀，對著他斬釘截鐵地說：「睡覺吧。」

「可是……」宮帆猶豫。

「你不睡，我就要睡你了。」陳謹維霸氣地宣告。

宮帆一愣，害羞地紅了臉，羞澀地說：「剛剛不是才睡過嗎？」

「你睡不睡？」陳謹維依舊面無表情，一語雙關，帶點魄力地問他。

「睡……」宮帆任由陳謹維壓倒自己，手扶上陳謹維的腰，儘管兩人交往了好一陣子，該做的都做了。面對陳謹維，他還是非常容易心跳加速。

正當他隱隱期待陳謹維對自己做點什麼嘿嘿嘿不可描述的事時，陳謹維卻關了床頭燈，拉上棉被，嚴嚴實實地蓋在兩人身上。

嗯？這與預期不符。宮帆動了動身體。

陳謹維怕他又起來鬧，乾脆用雙手雙腳抱緊處理。

「小維？」

「睡覺！」陳謹維語氣不好，但他抱著人的動作倒是不粗魯，他讓宮帆的頭躺在自己的胸前，低頭親吻他的額頭。

以往都是宮帆做這些事，如今角色顛倒過來，宮帆卻更加心動了。

宮帆不鬧騰了，回抱陳謹維，跟著人一起陷入睡眠。

風騷總裁強勢包養

第十章

宮帆請律師擬定好合約，花了大約兩個星期的時間，訂好簽約的時間，還不忘邀請林茂軒與徐映齊兩位當他們的見證人。

宮帆帶著陳謹維，前往那兩人同居的家，登門拜訪，說明此事。

「嗯？不好意思我跟你確認一下，你是說你們擬了一個分手合約？」

「以分手為前提的分手合約？」

林與徐不敢置信地詢問。

「沒錯，雖然是分手合約，但其實，這是為了避免我被小維單方面拋棄而擬定的合約。對我非常有利！」宮帆得意洋洋地表示。

「……這具有法律效力嗎？」林茂軒小聲詢問當事人之一的陳謹維。

「認真說，沒有。」陳謹維斬釘截鐵地回答。

「那你還陪他胡鬧。」林茂軒意外，連律師都出面了，還邀請他們做見證人，弄得煞有介事的。

「沒關係，這樣他比較心安。」陳謹維已經放棄掙扎，配合度十足。

林茂軒同情地看著陳謹維，拍拍他的肩膀說：「辛苦你了。」

「你說你談個戀愛，幹麼搞得這麼麻煩？你有沒有這麼怕被甩啊？難道說前幾任劈腿的經驗，對你造成陰影了？」徐映齊問宮帆。

「你不懂。那些人跟小維是不同的。他們劈腿，我雖然生氣，但從沒想過挽留。小維要是劈腿，我……我還是不想分手的。我每天都在擔心害怕他會不會突然不喜歡我了，就算留不住他的心，至少得留住他的人。你能明白我的心情嗎？」宮帆想尋求共鳴。

「不明白。你變態了。」徐映齊搖頭，完全不能認同。

「我好像能明白。」林茂軒聽著宮帆的話，竟然有幾分心有戚戚焉，他看向徐映齊，特別懂宮帆的心思，留不住心也要留住人。

徐映齊抬眼，狠狠瞪過去，怒道：「欠揍嗎？你派車跟蹤我，我現在想起來，還有氣！」

「你揍我吧。人還是要跟著的。」林茂軒不掩飾自己派人跟著徐映齊的事，雖然徐映齊因此教訓過他，但他死性不改。

陳謹維聽著他們兩人的對話，再看向宮帆，突然能明白為何學長跟宮帆會是朋友，兩人根本一丘之貉。

「何時何地簽約？我們需要準備什麼嗎？」林茂軒繞回正題，詢問宮帆。

「不需要準備什麼，我已經聯繫好律師，他應該在趕過來的路上。」宮帆回答他，早知道兩位好友不會拒絕，他早就跟人聯絡好了。

「你這傢伙不是最注重儀式了？我以為你會弄得很盛大之類的。」徐映齊意外，這麼簡單粗糙的進行，並不符合宮六的性格。

宮帆露出遺憾的表情，特別感慨地說：「我也想辦得正式點，但是小維不喜歡人多的場合。只好折衷，來你們家了。」

「不好意思，我們家人丁稀疏，只有我們兩個。」林茂軒打趣說道。

「兩個就足夠了。」

「以後會多一隻狗。」徐映齊補充。

「多養幾隻，大狗生小狗，我們也養幾隻玩玩。」宮帆笑說，預定了牠們未來的狗生。

談話間，律師來了。林茂軒前去應門，領著律師來客廳坐下。

宮帆的律師林茂軒也熟，畢竟他是宮帆的合作夥伴，他們協商的機會不少。總的來說，在場五人，彼此都認識，見過面、吃過飯，有著公事上的往來。

「何律師，幾個星期沒見，你好像消瘦不少。」林茂軒寒暄幾句，對他明顯的外觀變化評論幾句。

何律師推推完全沒有下滑的眼鏡，冷漠地道：「因為莫名其妙的工作增加了。」

「什麼莫名其妙的工作，我明明有另外算加班費給你。」宮帆反駁。既然收了錢，就是工作範圍內的工作。

「我誠心希望宮先生這輩子只談這麼一次戀愛，不要再胡亂增加我的工作量。」何律師誠心祝福，然而語氣中充滿埋怨，最後看向陳謹維。「你們千萬、絕對不要分手。」

陳謹維承受何律師的怨念，仍舊保持面無表情，無動於衷地打開自己帶來的餅乾，吃了起來，發出嘎吱嘎吱咀嚼的聲音。

何律師差點捏碎手中的鋼筆。

眾人各自找到位置坐下，何律師拿出文件，一式兩份，放在宮帆與陳謹維兩人的面前，請他們過目。

「最終確認一下條約內容有無問題，最後一次修正是三天前，需要增加的條款以附約的方式記上。沒有問題的話，請你們簽名。」

儘管何律師怨氣沖天，但他在工作上維持一板一眼、不容馬虎的態度。

陳謹維翻看條約，這兩個星期以來，他已經來來回回看過好幾遍，只看了下改動的地方，最後簽下自己的大名。

宮帆已經簽完了。

何律師將合約交換，請他們再一次簽名。

雙方簽完兩份合約，何律師將宮帆那份合約收好，陳謹維的那份則自己收起來。

「雖然剛才已經問過一次，但我實在很好奇，這合約具有法律效力嗎？」林茂軒看這三位一本正經地簽約，搞得很隆重，他向律師提問。

「本來沒有。」何律師的回答，細細解釋給他聽：「但是把包養關係轉換成一種僱傭形式的話……」

「什麼？可以這樣嗎？」徐映齊錯愕，有種打開新世界大門的感覺，開眼界了。

「讓客戶安安穩穩地遊走在法律灰色地帶，是我們律師的職責。化腐朽為神奇，將不可能變成可能。」何律師邊點頭邊讚嘆自己的職業。

「這……不能吧？」徐映齊還是覺得很不可思議。

林茂軒沉思片刻，問何律師：「你這合約，我很有興趣，能跟我談談詳細嗎？」

「林！你該不會想跟我簽這個鬼合約吧？」徐映齊瞪著林茂軒，沒想到他居然會對這種合約有興趣。

「總覺得滿有保障的……」林茂軒一開始也很不看好這合約，但聽到分手之後，兩人也不會從此一刀兩斷，他心動了。

這什麼跟什麼！徐映齊揍林茂軒胸口一拳，簡直討打。

林茂軒悶哼一聲，對著收拾好文件準備離開的何律師說：「再聯絡。」

何律師又一次扶了扶沒有滑下來的眼鏡回應：「我不接宮帆宮先生本人以外的業務。沒事不要 CALL 我，我今天休假。各位再會。」

語畢，何律師踩著瀟灑的腳步離開眾人的視線，前後三十分鐘不到，連杯水都沒喝。

「我們也差不多該走了。」陳謹維收好合約，站起身，向林茂軒與徐映齊道別：「學長、徐先生，打擾了，非常謝謝你們的幫忙。我們先走了。」

宮帆起身，一手牽著陳謹維，一手揮揮向他們道別。

「慢走。」徐映齊回應宮帆，也向他們揮揮手，目送他們離開。

等兩位離開他們的房子，徐映齊才對林茂軒說：「你學弟不簡單啊。我看他把宮六吃得死死的。宮六這次是真的栽了，竟然煞有介事地搞出什麼分手合約。他一個高富帥，要錢有錢、要權有權，還這麼怕被甩，這世道到底是怎麼了？」

「我想，宮六陪他出國那趟，應該是見識到了小陳的那群粉絲。」林茂軒不意外。他知道陳謹維在國外有個粉絲團，以年長且事業有成的男性為主要成員。

「什麼粉絲？」

「宮六的情敵太多。」

「誰？」

林茂軒看著徐映齊，拍拍他的肩膀，做個總結：「總之，跟我們沒關係。你確定不跟我簽個合約嗎？」

「滾！」徐映齊秒答，單手將林茂軒的臉推開，離自己遠點。

另一方面的宮帆與陳謹維，準備回宮帆的家，陳謹維和劉嬸說好會回去吃飯。陳謹維剛回來的幾天，劉嬸總覺得他瘦了不少，天天大魚大肉伺候，恨不得一口氣補回來。

陳謹維喜歡家常菜，劉嬸的菜很對他的胃口，一趟出國回來，更是卯足勁美言，把劉嬸哄得心花怒放。最近上班的便當，還另外附了甜品，託福，他一口氣胖了兩公斤。

兩人回到家，陳謹維已經迫不及待地走到餐廳，走到自己的位置，坐了下來。宮帆就坐在他身旁，讓他吃點小菜開胃。

劉嬸菜還沒做完，李叔忙著端菜上桌，他意外地看著他們兩位，脫口道了一句：「比預計還早回來呢？」

「嗯，何律師辦事效率高，很快就弄好了。先上甜點來吃吧。」宮帆回應。

李叔答應，回廚房端菜。

沒過多久，李叔端了塊大蛋糕出來，擺放在兩人面前。劉嬸跟在他身後，拿著一把切蛋糕的長刀。

蛋糕是白底粉紅，用粉黃奶油做裝飾，中間放一對並肩站在一起的新郎，模樣恩恩愛愛的糖人裝飾。

陳謹維以為是宮帆的安排，他處變不驚，見怪不怪，習以為常，非常淡定地看著李叔將蛋糕端到他們面前。這很像是充滿少女心的宮帆會做的事，是他的風格。

然而——

「這是？」宮帆一臉驚喜，意外地看著李叔與劉嬸。

居然不是宮帆的主意。陳謹維誤會他了。

「我們聽說你們今天去公證了。」李叔表示。

並不是。陳謹維內心反駁。

「結婚是大事，總是得有個蛋糕吧。我們商量一下，就決定訂一個結婚蛋糕，給你們慶祝，算是我們的一點小心意。」劉嬸說道。

李叔也笑得一臉慈愛。

「謝謝你們。小維，我們來切蛋糕吧。」宮帆起身，接過劉嬸手中的蛋糕長刀，讓陳謹維一起握著長刀。

盛情難卻，陳謹維站起身，配合宮帆一起握住，眾目睽睽之下，切下第一刀。

劉嬸感動得哭了，捂著嘴泣不成聲。

李叔抱著她，安撫她的情緒，對兩人祝賀：「恭喜，恭喜！」一片歡天喜地。

算了。

陳謹維坐回位置，等著宮帆給他切好蛋糕，蛋糕內有大量整顆的新鮮草莓，看在蛋糕好吃的分上，他懶得跟二老解釋他跟宮帆是不是公證結婚的問題。

晚餐過後，宮帆牽著陳謹維的手，繞著自家院子轉轉，消消食，散散步。

宮帆家裡的花草裝飾全是從花園裡採取，不僅有花園，還有一小塊菜園。李叔種菜、劉嬸種花，自家培養的吃食與景觀，天然又新鮮。

他們在院子繞了好幾圈，最後停在花園前，在花朵盛開最多的位置停下。宮帆雙手握住陳謹維的手，緩慢地單膝跪下。

「做什麼？」陳謹維被他的舉動嚇到，不自覺地後退一步，總有不好的預感，他想躲開。然而，宮帆似乎早察覺他會退縮，雙手緊握住他，不讓他逃走。

宮帆對著陳謹維笑說：「別躲。不會吃了你的。」

「感覺你要做很驚天動地的事。」陳謹維回答。

宮帆露出被你看穿的表情，摸了摸外衣的口袋，拿出他準備多時的扁型戒指盒，緩慢打開，一只男士戒指呈現在陳謹維面前。

陳謹維嚥下一口口水，花了一個眨眼的時間，將視線從宮帆緊張又期待的臉上，緩慢移到他手中的戒指。

「小維，你願意……」

「等等！等等！」陳謹維阻止他的話，問：「不好意思，冒昧問一下，我現在跑走還來得及嗎？」

宮帆睜大眼，不可思議地看著陳謹維：「我們都公證了！你還想跑？」

「是有公證，但不是那方面的公證。再說，這先後順序是不是不太對？」縱然是鎮定達人的陳謹維，此時此刻思緒也混亂得可以。

宮帆一臉慚愧，理虧地說：「確實應該先給你戒指，但是我怕你臨陣脫逃，所以想等一切塵埃落定……」

「在結婚蛋糕都吃完之後？」陳謹維追問。

「蛋糕是李叔跟劉嬸的主意，不在我計畫之中。這不能怪我。」宮帆無辜，他原本計畫是簽完合約，回來用完餐，就在家裡的花園前求婚。

此時花開正好，天氣也很配合的是大晴天，他連站定的位置都經過幾番考量，選了風景最美的完美站位。

蛋糕的事，真不能怪他。

陳謹維又花了一個眨眼的時間，將慌亂的情緒穩定下來，思緒百轉千迴，又似乎什麼都沒想。

「好吧。說吧。我做好心理準備了。」陳謹維嘆口氣，對宮帆妥協了。

宮帆輕咳一聲，清清嗓，道出自己準備好的求婚臺詞：「親愛的小維，我的維他命，我願成為你雨天的屋簷，晴天的太陽傘，冷天的冬衣，熱季的冰淇淋，為你遮風擋雨，成為你強而有力的臂膀。從今以後，你可以依靠我。所有的事，我都願意為你分擔，不論你的喜怒哀樂，我皆想一一參與。你願意成為我唯一的、終生的伴侶嗎？」

陳謹維盯著宮帆的眼睛，從他眼神中讀出感情的真摯，他對宮帆說：「雖然我從你說雨天的屋簷時就開始放空，但我想結語是我願意。」

宮帆高興極了，他想跳起來，對著天空大吼：他願意，願意成為我終生的伴侶！

然而，他必須保持鎮定，因為儀式尚未結束，他還沒給陳謹維套上戒指。

他激動得手在顫抖，差點沒順利取出戒指，他牽起陳謹維的手，為他套入戒指。戒指是為陳謹維量身訂作的，完美套入他可愛又細長的小手指。

「你的戒指呢？」陳謹維問他。

「我的放在房間裡，沒帶出來。」宮帆回答他。

陳謹維後退一步，拉他起身。「走吧。去拿你的戒指，我幫你戴上。」

「好。」宮帆哽咽。他起身後，跟著陳謹維的腳步，回到自己家中。他低著頭，擦去自己因情緒激動而流出的歡喜眼淚。

「哎呀，少爺怎麼哭了？」劉嬸驚訝，疑問脫口而出。

「沒事，他太高興了。劉嬸，我們上樓睡個午覺。下午茶麻煩晚一個小時準備。」陳謹維向劉嬸交代。

「好的。好好休息。」劉嬸目送他們。

陳謹維對宮帆家太熟悉，從善如流地交代下午點心的時間，走在宮帆這個主人前頭，筆直地往樓上走。

身分上他應該只是個客人，但李叔與劉嬸，甚至是他自己，都將他當作第二個主人看待了。

他們進入主臥室，整個房間到處是兩人一起生活的痕跡，成雙成對的物品，水杯也是藍綠一組，擺放在一起。

「戒指在哪？」陳謹維問。

宮帆回答：「放在床頭櫃第二格。」

「喔？跟套子放在一起？」陳謹維回頭看他。

宮帆整張臉竄紅，單手捂著半邊臉，不好意思地解釋：「因為只有我會開那層抽屜。」

「也是。」陳謹維不否認。他坐上床沿，打開床頭櫃的第二格抽屜，看見跟潤滑液、套子放在一起的戒指盒。

他拿出戒指盒，向宮帆伸出手。

他抬頭看向宮帆，問他：「需要我下跪嗎？」

「不……不用。」宮帆喘著粗氣，緊張得要命。

他的緊張透過加速的脈搏傳達給陳謹維，陳謹維低頭親吻他白皙得靜脈特別明顯的手背。

「別緊張。該緊張的是我，輪到我講一長串的求婚詞了。」陳謹維一邊無奈地感慨，一邊坐直身體，依舊牽著宮帆的手。「哥，雖然我沒辦法成為你雨天的屋簷，晴天的太陽傘，冷天的冬衣，熱季的冰淇淋，沒辦法為你遮風擋雨，我的臂膀也不夠強而有力。但我喜歡你。實不相瞞，我這輩子還沒喜歡過誰，你是第一個，大概也會是最後一個。你願意成為我唯一的、終身的伴侶嗎？」

「你明明都聽進去，還記下來了！」宮帆感動到眼眶又一次泛紅。

這不是重點吧？陳謹維暗自做了個深呼吸，提醒他：「你還沒說我願意。」

「願意！我當然願意！」宮帆激動回應，動了動，想抱住陳謹維。

「別動！還沒給你戴戒指！」陳謹維制止他，舉起單手，制住他情不自禁的舉動。猶如馴獸師一般，一句話就讓他安分下來。

宮帆滿心期待，眼神寫滿愛意，等著陳謹維為他套入戒指。

陳謹維打開戒指盒，取出戒指，他手沒抖，比宮帆鎮定多了。

將戒指套入宮帆修長手指的瞬間，他心理活動特別活躍，想著即使像他這樣淡薄的性格，終究也是被人套牢了。

對方外在內在條件都很好，他沒什麼好挑剔，反觀自己人格缺點如此多，他都覺得不好意思、配不上對方了。

但宮帆喜歡他。

怎麼就喜歡上他了。

對方好像是從見面的第一眼，就喜歡上自己。

為他戴好戒指，陳謹維再次抬頭，看向宮帆。宮帆滿眼的愛意，投射在他身上，毫不遮掩。

那是比初見時更濃烈更深厚的情感，全都給自己。

這樣的宮帆，讓一度懷疑感情神經壞死的陳謹維動心了。

對他好的人這麼多，偏偏宮帆是唯一打動他的人。

陳謹維嘴動了動，脫口而出：「我愛你。」

他慢了半拍，才反應過來自己說什麼，自己都覺得煽情了。

宮帆露出特別燦爛的笑容，張開雙手，向他撲了過去，將人壓倒在床鋪上，忍不住放聲大笑。

他明明在笑，但眼淚竟然也掉了下來。

「又哭又笑的，到底是哪個，選一個好好表現吧？」陳謹維看著宮帆就算哭得亂七八糟，也顯得漂亮的臉，伸手擦拭他臉上的眼淚。

「我高興，是開心的眼淚。」宮帆蹭了蹭他的手掌，拉著他的手，啃咬他的小手指，特別是戴著戒指的那隻。

「我們好像應該來做點什麼，應個景……」陳謹維勾引他，單手繞到他腦後，卸去他的髮束，隨手扔了，手搭在宮帆肩膀上，摩挲他的脖子與頸間。

「你知道，我不可能拒絕。」

光是陳謹維給他一點訊號，宮帆已經意亂情迷了，他一點就燃，緩慢俯身，細細親吻對方的嘴唇，與他纏纏綿綿。

結束一個黏黏膩膩的吻，陳謹維調笑，向他建議：「抽屜第二格的東西，可以拿出來用了。」

「嗯？」

「好。」

儘管宮帆知道陳謹維在揶揄自己，他也覺得這樣的陳謹維可愛到讓人想一口吃了，他打開抽屜，將潤滑液跟套子取了出來，抓一把套子丟到床上，笑咪咪地宣告：

「我們一個個把它用掉。」

陳謹維低頭數了數套子的量，抓了一大把。

難道他想要精盡人亡嗎？

「我覺得我們好好睡個午覺也滿不錯，不一定非要做點什麼才行。睡吧。」陳謹維手一撥，將大部分套子掃到床下。他心裡直打鼓，退堂鼓，威～～武～～

「你睡，我睡你。」宮帆依舊笑嘻嘻，不為所動，將套子一個個撿起來，重新放回床上。

陳謹維雙手遮臉，決定，放棄掙扎。

——全書完——

番外一 關於稱呼

某天，徐映齊發現陳謹維對宮帆有個特殊稱呼，陳謹維稱呼宮帆——哥。

哥？

哥已不在江湖，江湖有哥的傳說。

哥吃的不是飯，吃的是寂寞。

哥哥爸爸真偉大。

歐巴。

哥？

徐映齊感到疑惑，儘管陳謹維很少使用這個稱呼，但還是被他發現了這個小祕密。而且不知道是不是他太敏感，當陳謹維這樣喊宮帆的時候，似乎隱隱約約地帶有點撒嬌的意思。

「小陳，我能問個問題嗎？」徐映齊好奇得不得了，終究忍不住在某次四人聚餐時，私下向陳謹維提問。

「請說。」陳謹維以為是什麼大事，一本正經地讓他別客氣。

「只是一個私人的、小小的問題，當然你也可以選擇不回答。」徐映齊事先聲明，他不介意小陳拒絕回答。

「我明白，請說。」陳謹維點頭，讓他說。

「我個人有點好奇，為什麼你會稱呼宮帆，嗯……就是……喊他哥？」徐映齊繞來繞去，終於把問題問出口。

陳謹維聽完問題，停頓了一秒。

徐映齊立刻揮手說：「當然！不用回答也沒關係！沒關係的！」

「不，這不是什麼難以啟齒的問題。」陳謹維表示不介意，他願意回答：「他不喜歡我稱呼他宮先生，覺得太官方了，所以逼我想一個特殊的稱呼。但他又不想讓我喊學長，覺得不夠親暱，哥是他自己最後的定案。」

聽聞，徐映齊一臉糾結，問：「你是說，他自己決定要你喊他哥？」

「嗯，當時我是他助理。不這麼喊他，他會鬧脾氣，各種不配合。時間一久，我也習慣了，就沒改正過來。」陳謹維答道，面無表情，平鋪直敘，毫無怨言。

「他居然這樣欺負你！」徐映齊聽了來氣，轉身，要找宮帆算帳。

陳謹維慢悠悠地跟在後頭，回到座位上。

徐映齊正指著宮帆，怒道：「你要不要臉啊！仗著自己的職權，逼小陳喊你哥！你自己說，這算不算職場性騷擾？」

「這……都多久的事了……」宮帆結巴，見陳謹維回來，向他投以求助的眼神。

陳謹維回到他身旁的位置坐下。

「一碼歸一碼，小陳你不要管，我來幫你討回公道！」徐映齊氣憤。

陳謹維本來就沒打算管，繼續吃著他碗裡的料理。

林茂軒覺得有趣，笑看徐映齊指責宮帆，也沒有要幫忙的意思。難得見天驕之子、高傲的孔雀宮六被人用手指著罵，他應該將這一幕拍下來。

他才剛拿出手機，準備拍攝，突然感受到一股強烈的視線。他抬眼，對上陳謹維的目光。

他訕笑，將手機放下。

林茂軒心想，他以為學弟不怎麼在意宮六，至少他表現得就像是那麼一回事，冷淡漠視又不怎麼搭理對方，實際上還是挺護著宮六。

他對著陳謹維笑，不小心看穿對方小心思，不由得一臉調侃。

陳謹維一愣，低下頭，迴避學長的視線，安安靜靜吃他的飯。

「你！你那是什麼眼神，看什麼看？不准欺負我的人！」宮帆注意到他們，特別是自己的人被林盯著瞧，心裡就是不舒坦。

他雙手擁著陳謹維的腰，惡狠狠地瞪著林茂軒，警戒他。

林茂軒哼笑：「誰有本事欺負小陳？你倒是介紹一個讓我認識認識。」

「當然沒人能欺負他了。他可是我的人，後臺硬得很。」宮帆又重申一遍，還在陳謹維的臉頰用力親一口。

「你別轉移話題，我話還沒說完！你這濫用職權的傢伙！」徐映齊還想算帳。

林茂軒為他倒杯茶，讓他先緩口氣。

徐映齊坐下喝茶。

「都是過去的事，你生氣也沒用。而且小維現在喜歡我，他不介意，你介意什麼？」宮帆反駁徐映齊的指控，他抱著陳謹維便多了幾分底氣。

「我！」徐映齊語塞，意識到他確實沒有資格介意，但心裡還是氣，就是為陳謹維不值，他轉對陳謹維說：「小陳，你別怕，要是不喜歡，你儘管講。有任何不愉快，統統說出來！你不用忍耐！」

一時間，三人的視線全集中到陳謹維的身上，好像他不說點什麼都很奇怪。

陳謹維放下碗筷，認真想了想，聳肩：「沒什麼不愉快。」

「你看！你看！」宮帆得意，燦爛的笑了，又連續親陳謹維的臉好幾口，也不在乎其他人的觀感。

「別管了，這兩個人要說誰欺負誰，宮六肯定是吃虧的那個。哈！我學弟很厲害的。」林茂軒非常認可陳謹維的本事。

宮帆嘿嘿笑著。

陳謹維肩膀一動，稍稍推開他，抬頭示意：「哥，坐好，吃飯。」

「好的！」宮帆答應，不忘親最後一口，乖乖坐正，頻頻給陳謹維夾菜。

「哥請客吧。」

「沒問題。」宮帆答應。

徐映齊見這兩人的互動，最後看向林茂軒，疑惑地問：「他也太聽話了吧？」

林茂軒點頭，附和：「剋得死死的。」

「原來如此。那我安心了。」徐映齊了然，總算不糾結，放寬心，跟著動筷。

陳謹維沒說的是，他只要喊聲哥，宮帆就會對他有求必應，怎麼方便怎麼來，就像咒語一般。原本就已經很縱容自己的宮帆，在念咒之後，會更加無底線的縱容，簡直好到令人捨不得改正。

所以他一點也不介意這麼稱呼對方。

只要那人能當如來佛，手握他這隻齊天大聖。值。

番外二 睡午覺

求婚後，宮帆決定跟陳謹維睡個午覺。

這個睡午覺的睡，是動態動詞，不是靜態動詞。

雖然是陳謹維開玩笑提出的建議，但他很快就後悔不想執行，可宮帆異常堅持，耐心十足地磨。

兩人親一親，衣服不知不覺就脫光了。

陳謹維回過神的時候，他已經趴在床上，屁股高高翹起，後面溼漉漉又黏滑的觸感是潤滑劑在發揮作用。

宮帆的兩根手指插進他穴內，為他擴張甬道。

他應該要喝止對方，但他一開口就是不受控制的呻吟聲。

「啊……啊啊——」

宮帆單手扣住他的大腿根部，單手侵犯他的後穴，又增加一根手指，他對陳謹維身上的敏感點一清二楚，輕而易舉便找到他最有感覺的位置，集中攻擊那處，惹得陳謹維發出好聽的聲音，身體也更軟了。

陳謹維上半身癱軟，整張臉埋進柔軟枕頭之中，將聲音一塊埋了進去。

宮帆聽不見聲音，不滿意，他牽起陳謹維的手臂，往後拉，幫他支撐身體。

「啊！」陳謹維身體不受控制地一仰，體內的手指更進一分，刺激得他差點要高潮。

宮帆趁他反應不及時，再添一指，直到他的穴口擴張到四指的寬度，才抽出作惡的手，換上更加凶惡的器物。

「親愛的，我的維他命，我可以進去嗎？」

宮帆不急著頂進，儘管他恨不得這麼做，但他尊重伴侶的意願，再說讓小維親口邀請他進來，也是情趣的一環。

他提著自己的性器，用頭部磨蹭著一張一縮的肛門口，打繞一圈又一圈。

陳謹維的身體已經被宮帆打開，他嘗過性器侵犯自己的滋味，被開拓擴張好的菊穴早已難耐地吸引宮帆的器物。

他不得不顫抖著聲音，求著宮帆：「哥，進來……快點……進來……」

「好。」宮帆答應他，得償所願地將凶物鑽進陳謹維的體內。

肉刃毫無阻礙地侵入潤滑擴張過的甬道。

宮帆感受到那股緊致包圍的擠壓。

他及時的侵入，止住陳謹維深處難以言喻的癢。

「啊啊！」

兩人發出近乎相同的呻吟聲，身心皆是滿足。

「你動一動……」陳謹維微微側身，催促他趕緊動作。

宮帆翻轉他的身體，與他面對面，向他要求：「親我，我才要動。」

陳謹維平躺著，宮帆坐在他身下。他目測兩人的距離，必須撐起身才親得到對方，但他現在渾身發軟，根本起不來。

「你過來。」他伸出雙手。

宮帆開開心心地俯下身，將自己的臉湊到他面前。

陳謹維張口，不輕不重地咬了口宮帆的嘴唇。

「啊！」宮帆喊了一聲，用可憐兮兮的眼神，望向陳謹維，控訴：「你咬我。」

「哼。」陳謹維鼻子噴氣，接著輕輕柔柔地含著他被咬的脣瓣，又含又舔，細緻的吻他。

好棒。宮帆心想，忘了才剛被咬過的事，享受對方的溫柔親吻，腰部緩慢搖擺，小幅度的抽插。

光是這樣，陳謹維就舒爽得發出淺淺的甜蜜呻吟。

像是受到鼓舞般，宮帆逐漸加大幅度，退到極致，再深入最底，卵囊輕輕拍打著對方臀部。

「啊……啊……」陳謹維控制不住的嗚咽。

宮帆架起他的雙腿，扛在自己肩上，方便他進入更深，他動作停了下來，以非常緩慢的速度退出他的體內，將性器完全抽出，再一點一點頂入。

磨人的慢速，反覆抽出與侵入。

逼得陳謹維差點哭了，他拍打宮帆胸膛，帶著變調的哭音求饒：

「別這樣……哥，不要這麼慢的……」

「你適應了嗎？」宮帆笑問。

「適應了。」陳謹維點頭，又補上一句：「快點！」

宮帆放下他架在自己身上的雙腳，扶著他的腰作為施力點，讓他用雙腿纏住自己。他提醒一句：「要開始了。」

陳謹維咬著下唇，眼睛微亮，盯著宮帆。

宮帆微笑，親了下陳謹維，開始劇烈的動作。與之前緩慢速度截然不同的節奏，猛烈地操幹著。

他長年保持健身的習慣，身上的肌肉可不是打激素或吃高蛋白長出來的，全是貨真價實的、力量的代表。

「啊……啊……哥……太快了……」陳謹維被頂得好像心臟都要出來了。

宮帆可以維持這樣的速度好幾分鐘之久，曾經他做得太過忘情，忘了控制，把人操暈過去。

他不敢對陳謹維這樣肆意妄為，稍微收斂了力道與速度，直到陳謹維不再抗議，發出好聽的呻吟聲。

用對方喜歡的速度，盡情愛他。

陳謹維情不自禁，雙手環上宮帆的肩，他被撞得七葷八素，要不是雙腿緊緊勾著宮帆，他絕對會撞上床框。

宮帆牽起他的左手，親吻他手指上的戒指，又色情地舔他的指縫。

好色，好喜歡他。陳謹維意亂情迷地望著他的動作。

「哈！」

陳謹維輕聲出氣，閉上眼睛，後穴摩擦的快感加上視覺上的刺激，讓他高潮了。他挺立的性器從頭到尾沒怎麼被碰觸過，就射出愛液，噴灑在自己的腹部。

那一瞬間，他有一種我完了的認知。

他已經被宮帆改造成適合被愛的體質了。

可怕。

藍月小說系列

風騷總裁強勢包養

作　者／怪盜紅　　封面繪圖／TaaR0
發行人／黃鎮隆

出版／城邦文化事業股份有限公司 尖端出版
台北市中山區民生東路二段141號10樓
電話：（02）2500-7600 傳真：(02)2500-2683
E-mail：7novels@mail2.spp.com.tw
發行／英屬蓋曼群島商家庭傳媒股份有限公司城邦分公司
尖端出版
台北市中山區民生東路二段一四一號十樓
電話：（02）2500-7600（代表號）
傳真：（02）2500-1979
北部經銷／祥友圖書有限公司
Tel:(02)8512-3851　Fax:(02)8512-4255
中彰投以北經銷／楨彥有限公司
Tel:(02)8919-3369　Fax:(02)8914-5524
雲嘉經銷／智豐圖書股份有限公司　嘉義公司
Tel：(05)233-3852　Fax：(05)233-3863
南部經銷／智豐圖書股份有限公司　高雄公司
Tel：(07)373-0079　Fax：(07)373-0087
一代匯集／香港九龍旺角塘尾道64號龍駒企業大廈10樓B＆D室
Tel：（852）2783-8102
Fax：（852）2782-1529
馬新經銷／大眾書局（新加坡）POPULAR（Singapore）
E-mail：feedback@popularworld.com
大眾書局（馬來西亞）POPULAR（Malaysia）
E-mail：popularmalaysia@popularworld.com
法律顧問／王子文律師　元禾法律事務所
台北市羅斯福路三段三十七號十五樓

2017年4月1版1刷
2018年3月1版2刷

郵購注意事項：
1.填妥劃撥單資料：帳號：50003021戶名：英屬蓋曼群島商家庭傳媒(股)公司城邦分公司。2.通信欄內註明訂購書名與冊數。3.劃撥金額低於500元，請加附掛號郵資50元。如劃撥日起 10～14日，仍未收到書時，請洽劃撥組。劃撥專線TEL：(03)312-4212 ・ FAX：(03)322-4621。E-mail：marketing@spp.com.tw

國家圖書館出版品預行編目資料

風騷總裁強勢包養 / 怪盜紅作 ; TaaRo繪.
-- 初版. -- 臺北市 : 尖端出版 :
家庭傳媒城邦分公司發行, 2017.04
面 ; 公分
ISBN 978-957-10-7340-8(平裝)

857.7 106002634